全新譯校 經典新版世界名著 33

Die Leiden des jungen Werthers

少年維特的煩惱

〔德〕歌德 著

楊武能 譯

經典新版　世界名著

閱讀經典名著確實是不一樣的宴饗。人們對於經典名著，不會只說「我讀過」，而是說「我又讀了」。事實上，我每次去讀它，都會讀出新的東西，新的精神。

——當代義大利名作家、後設小說大師卡爾維諾（Italo Calvino）

真正的光明，絕不是永遠沒有黑暗的時候，只是永不被黑暗掩沒罷了。真正的英雄，絕不是永遠沒有卑下的情欲，只是永不被卑下的情欲所征服罷了。閱讀經典名著，永遠可以使人自我昇華，不陷於猥瑣。

——法國名作家、諾貝爾文學獎得主羅曼羅蘭（Romain Rolland）

閱讀文學經典、世界名著，能夠滋潤現代人的心靈，使人對世事、愛情與人性重新有一番體悟。

——美國現代名作家、諾貝爾文學獎得主海明威（Ernest Hemingway）

台灣曾出版的世界名著與文學經典可謂汗牛充棟，然而，細察譯文品質與內容，大多是三十至五十年代大陸譯者的手筆，其行文用語的方式與風格，早已與當代讀者的閱讀習慣、閱讀趣味脫節，以致不再能喚起讀者的關注。這一套「經典新版　世界名著」是全新譯本，行文清晰、流暢、優雅，用語力求充分符合當代人的品味。故而，是「後真相時代」中尋求心靈滋養者最適切的選擇。

導讀

【美】麥克爾・麥克唐納（紐約大學人文學院）

在我很小的時候就讀過《少年維特的煩惱》這本書，那時候我真的是為維特這個人物感到不幸：他怎麼會愛上一個有夫之婦呢？為什麼維特和綠蒂的愛情能沒有結果呢？為一個那樣的女子值得維特去死嗎？因為在我少年時代，美國是全世界最開放自由的時代，年輕的男女可以根據自己的意願去選擇他們的配偶，即使失去了一個自己最愛的人，也很少有人會開槍自盡。後來到我長大了，讀了很多關於德國歷史的書籍，也讀到了有關歌德生活的那一段，還瞭解了很多關於約翰・沃爾夫岡・馮・歌德本人的事情，我才知道：其實維特的悲劇並不是一個單純的個人愛情的悲劇，而是一個時代、一代青年的悲劇。

歌德寫過很多書，像《浮士德》、《葛茲・馮・伯里欣根》、《威廉・麥斯特》

等等都是他很有名的著作，但要說到他的第一部讓整個歐洲為之矚目和讚賞的作品，卻是那本只有短短一百多頁、僅用了四個星期就寫成的《少年維特的煩惱》。這本書被人們稱為「第一部發生國際影響的德國作品」，可見它的成就是整個德國文學中無可匹敵的。

這本書講述了一個出身低微的德國青年，先是愛上了一個有未婚夫的女子而感到難以自拔，後來眼看這女子嫁給了那個做律師的未婚夫卻生活並不幸福，因此他於實在難以忍受中終於開槍結束自己生命了。為什麼作者只僅僅用四個星期的時間就完成了這部世界性的作品呢——和現在很多作家的創作實例比起來，這不是一種不可思議的速度嗎？其實，對於瞭解歌德本人的讀者來說，這個原因並不難解釋，事實上，這部小說中的維特原型就是作者本人，維特所經歷的生活對他來說真是再熟悉不過了。

歌德的父親曾經做過當地的參議員，母親是市長的女兒，他們都希望自己的孩子能有個好的未來和命運，因此不惜一切力量送他上當時最好的學校萊比錫大學，讓他修習法律課程，希望他能躋身於上流的貴族社會。但實際上，由於當時的啟蒙運動正在興起，年輕的歌德不可避免地受了啟蒙思想的影響，因此他並不真的希望自己也去做一個像當時其他貴族那樣的自私、傲慢、無禮、落後的貴族，而是希望能像當時的其他青年那樣，一起為開創一個「自由、平等、博愛」的新世紀而做出貢獻。但這種希望在當時的現實中卻總是處處碰壁，因為無論是在貴族階層，還是在市民階層，它都不受歡迎，或者說是不被理解。

這種情況下，歌德不由自主地產生了一種絕望的情緒，而且由於他把改革社會的希望寄託在了個人英雄的身上——這樣的英雄，我們在其他很多作品中曾經見過，在今天的好萊塢更是風行不衰——因此，歷史註定他的這種希望要落空，就在這樣的情況下，歌德深深地又是無奈地體會了世間的苦難和罪惡。而恰好在此時，他因為迷戀上一位同事的未婚妻而遭到了排斥，因此心裡感到很悲傷，有時，竟然想到要輕生。

就在他正陷在自己的傷痛中不能自已的時候，又傳來消息，說他的一個朋友因為愛上別人的妻子遭到拒絕後，就用手槍結束了自己的生命。這個消息不啻於一個巨雷震響在歌德的耳邊，使他幡然醒悟，開始考慮為什麼在這個社會中會有這麼多同樣的事情發生，就是愛而不可得的事。加上他自己的親身體驗，這兩件事終於促成了歌德這部《少年維特的煩惱》的小說的誕生。

敏感、傷春、穿著一件白襯衫，這就是那個沉溺於愛情不能自拔的維特，他孤獨、無助、不被周圍人理解。更為致命的是：維特所深深愛著的那個姑娘綠蒂之所以沒有能嫁給這個熱烈的年輕人，在很大程度上也是由於她的可怕的世俗觀——她認為，嫁給一個沒有感情但卻有錢的人，比嫁給一個有情卻無錢無勢的人要對自己有利得多——諸位，這是一件多麼讓人傷心的事啊。

《少年維特的煩惱》不僅是維特或歌德的煩惱，也是當時所有嚮往自由與平等的青年的煩惱，德國、整個歐洲大陸，各地的「維特迷」們紛紛穿起維特服，像他一樣，說明在當時的社會中有多少人像維特一樣，不能得到自由、純真、受人尊敬的愛情的青年啊！雖然有許許多多不幸的人，但他們卻始終都是孤獨的個體，受錮於個人的感傷，像豪豬一樣不能緊緊依靠在一起相互溫暖，最後，只能以輕生來對這個不合理的社會表示強烈的不滿和提出無聲的反抗——這種情況是多麼地讓人悲傷又遺憾！

這部小說的另一個成功之處，就是它那巧妙的結構處理。作者挑選了書信的形式，既避免了不必要的聯綴和過渡，而且有助於主人公絮絮叨叨地敘述自己的情感歷程和深切感受，中間再加以一些短短的作者介紹，就把一個古老的主題用一種新鮮的方式成功地表現了出來。

經過了這麼多年的時代驗證，可以說歌德的維特不僅是屬於歌德的、屬於德國的，我們也可以說維特的形象也是屬於全世界，屬於整個人類的。哪裡只要存在著壓抑和誤解，維特就會出現。

「親愛的讀者們，如果你們愛他，你們為他而悲傷，那就把他從重負下解救出來吧！」（歌德為維特之詩）

目錄

Contents

chapter

導讀／4
譯本序／11
第一篇／35
第二篇／147
補記／173
編者致讀者／229

譯本序

楊武能

約翰・沃爾夫岡・歌德（一七四九—一八三二）是德國近代傑出的詩人、作家和思想家。當代世人公認他為繼但丁和莎士比亞之後，西方精神文明最卓越的代表。可是，在一八三二年《浮士德》第二部問世前，也就是說當他還在世時，歌德之為歌德，歌德之享譽世界，卻在很大程度上由於他二十四歲時寫成的一本薄薄的「小書」——《少年維特的煩惱》。

這《少年維特的煩惱》究竟是怎樣一部作品？它何以能產生如此巨大的威力？……

《維特》與歌德

社會生活是文學藝術的源泉。作家寫什麼書，怎樣寫，往往取決於他自己的生活經歷和思想情感；歌德尤其如此。晚年，他回顧自己一生的創作說，他的所有作品「僅只是一部巨大的自白的一個個片斷」。《少年維特的煩惱》這部用第一人稱寫的書信體小說，則可算是這些「片斷」中極為典型和至關重要的一個。

歌德出生在緬因河畔的法蘭克福城，父親卡斯帕爾・歌德年輕時上過大學，獲得了博士學位，並曾到法國、義大利和荷蘭等國遊歷。可是，儘管學識淵博，廣有家財，他作為一個普通市民仍受著城裡占支配地位的貴族社會的蔑視，想以不領薪俸為條件在市政府謀取一官半職而不可得，竟被迫賦閒在家，借收藏書畫和用義大利文寫遊記消磨時日，養成了孤僻、抑鬱和固執的脾氣。在這樣的社會和家庭環境中成長起來的詩人歌德，一方面享受著良好的教養，能過一種無溫飽之虞的悠閒生活；另一方面也受家庭影響，產生了對腐敗的貴族社會和封建等級制的不滿。

一七六五年，十六歲的歌德被送往萊比錫大學學習法律；但他本人的興趣卻在文學和繪畫方面。

一七七一年八月，歌德獲得博士學位，回到故鄉開了一個律師事務所。

一七七二年五月，歌德遵照父命到威茨拉爾的帝國高等法院實習。威茨拉爾是座空氣陳腐得令人窒息的小城，帝國法院更以辦事拖遝而惡名遠播。歌德因此把實習的事拋在腦後，終日悠遊於景色宜人的鄉間，在那兒「研讀荷馬、品達等人的作品，幹符合他的天賦、他的思想方式和令他感興趣的事情」。

六月九日，在一次鄉村舞會上，他結識了天真美麗的少女夏綠蒂・布甫，對她產生了熱烈的愛慕。但夏綠蒂已經訂婚。儘管她的未婚夫克斯特納爾和夏綠蒂一家對歌德都十分友善，他仍因失戀而感到痛苦，終於在九月十一日不辭而別，回到法蘭克福。

回到故鄉之後，歌德久久未能克服心頭的苦悶，以致產生了自盡的念頭。他在《詩與真》第十三卷中寫道：「當時我在床邊上總擺著一把精緻而鋒利的小刀，每晚熄燈前都要拿起它來對著自己的胸口，想試一試能否把刀尖刺幾公分進去。可我這嘗試一直沒能成功……於是，我決定活下去。」

誰料差不多就在這時，另一個人卻把他幾經嘗試而放棄掉的事完成了。消息傳來，歌德大為震驚，因為，輕生者不僅是他早年在萊比錫上大學時就認識的一個叫耶魯撒冷的青年，出事地點也正好在威茨拉爾，歌德在散步時還常常與他相遇；而且，自殺的主要原因也同為戀慕他人之妻遭到拒斥，這種種情況，不能不令歌德聯想到自身的遭遇，感覺著切膚之痛。為了解除自己的痛苦，歌德本已決心作一次「詩的懺悔」；而耶魯撒冷的不幸遭遇，剛好為他提供了所缺少的素材。

關於這部後來震撼了整個歐洲的小說的誕生情況，歌德在《詩與真》第十三卷中寫道：

因苦戀朋友之妻而造成的耶魯撒冷之死，從夢中把我撼醒；使我不僅對他和我過去的遭遇進行思索，還分析眼下剛碰到的這個令我激動不安的類似事件。如此一來，我正在寫的作品便飽含著火熱的情感，以致不能再分辨藝術的虛構與生活的真實。

我把自己與外界完全隔絕開來，閉門謝客，集中心思，排除一切無關的雜念。另一方面，我又搜索枯腸，重溫我最近那段還不曾寫出來的生活，把所有有一點關係的材料統統集中起來使用。這樣，在經過了那麼久和那麼多的暗中醞釀以後，我奮筆疾書，四個星期內便完成了《維特》……

瞭解到這些情況，我們就很容易明白，《維特》一書何以如此情真意切，感人肺腑；它的主人公一個個何以如此血肉豐滿，栩栩如生。親身的經歷感受，長久的醞釀準備，按捺不住的創作衝動，「火熱的情感」，「集中心思」，「搜索枯腸」等等——這些，就是《維特》的產生過程給我們的啟示！

在《維特》問世後整整半個世紀的一八二四年，歌德因出版社要印行《維特》的五十周年紀念版，寫成了《致維特》一詩，其中有兩句更可算是他對自己與維特之間非同尋常的關係的生動概括：

我被選中留下，你被選中離去，

你先我而去了，卻也損失無幾……

《維特》的時代精神

《維特》出版於一七七四年，其時歐洲正面臨著一個歷史轉捩點，古老的封建制度業已衰朽，資產階級的時代即將來臨。經濟上，資產階級具有了超過貴族階級的力量；經過啟蒙運動，他們的階級意識也進一步覺醒，其中青年一代更是思潮翻騰，感情激蕩，對仍然限制和壓迫著他們的封建制度極為不滿，強烈要求改變不合理的現狀。可是，在牢牢掌握著強大國家機器的封建勢力面前，他們一時尚難直接提出政權要求，只好以「個性解放」、「感情自由」、「恢復自然的社會狀態」、「建立平等的人與人關係」等口號，表達對於一個符合他們的政治理想和經濟要求的新社會的憧憬。這些口號乃是時代的呼喚，在德國也引起了一股持續十餘年的思想解放的狂飆。

德國的狂飆突進運動便繼承和發展了啟蒙運動的思想，特別推崇盧梭關於「返歸自然」的理論；荷蘭哲學家斯賓諾沙的泛神論則構成了狂飆突進運動的哲學基礎。歌德作為這一運動的發起者和中堅，受盧梭和斯賓諾沙的影響非常深。在這樣的歷史背景和社會思潮中產生的《維特》，它表現的時代精神即是新興資產階級變革不合理的社會現實的理想，即是「個性解放」、「感情自由」、「返歸自然」等等；就德國範圍內來說，它則鮮明地、集中地體現狂飆突進運動的精神。具體地講，《維特》的思想意義則表現在：

（一）述說了新興資產階級所懷抱的理想

小說主人公維特是個出身市民家庭的青年。他思想敏銳，感情豐富，才識過人，資產階級關於「個性解放」、「感情自由」、「平等、博愛」等理想，無不在他的言論行動和待人接物中得到表現，具體化為對於「自然」的無限信仰和崇奉。

他熱情謳歌自然，全身心地投入大自然的懷抱裡，視自然為神性之所在，以「自然的兒子、朋友和情人」自居，甚至渴望能成為「無所不在的上帝（即自然）的一面鏡子」；他親近處於自然狀態的人——純樸的村民和天真的兒童，自稱「離我的心最近的是孩子們」；他重視自然真誠的感情流露，珍惜他的「心」勝於一切，說「我的心才是我惟一的驕傲」，同情，不，簡直是崇拜那個全心全意愛著自己女東家的青年長工；他主張藝術皈依自然，視「對自然的真實感受和真實表現」

為藝術的生命，認為「只有自然能造就大藝術家」；他仰慕來自民間的詩人荷馬和「莪相」，嚮往荷馬史詩和《聖經》中所描述的樸素自然的先民生活與平等和睦的人與人關係……

維特這種對自然的無限崇仰，淋漓盡致、生動形象地闡發了盧梭和斯賓諾沙的理論，不僅表現著青年歌德本人的世界觀、宗教觀、社會觀、道德觀、審美觀等等，而且更重要的，是曲折地反映了新興資產階級變革社會現實的要求。小說主人公所嚮往的，實際上也就是能使人的一切自然本性，包括感情、欲望、才能、智慧等得到充分表現，充分滿足，充分施展。

（二）揭示了新興資產階級的理想與社會現實的矛盾

《維特》表達的要求人的自然本性得到全面發展的理想，是崇高而美好的，不僅在反封建的鬥爭中有著明顯的作用，而且已超出資產階級的局限。也正因此，它在當時的社會裡根本無法實現。《維特》通過其主人公的不幸遭遇，清楚地揭示出了妨礙資產階級人道主義理想實現的內外原因。

原因中最顯而易見的，莫過於腐朽頑固的封建勢力對於人的壓迫。法國大革命前的歐洲，除去荷蘭和英國，整個處於封建奴役的重軛之下，歌德生活的德國更加可悲。在那裡，不僅封建等級制十分森嚴，甚至農奴制依然存在。在那裡，任何一個小國君都掌握著對其臣民的生殺予奪大權，以至於可以把他們成百上千地出賣給別的國家當炮灰。在那裡，任何一個小貴族都可以對出身市民階級的人頤指氣使；不少市民階級的知識分子不得已而淪為他們的秘書和家庭教師，處於相當於他們的奴僕的地位。在這樣的社會裡，哪兒容得資產階級實現其「個性解放」、「感情自由」、「全面地發展人的自然本性」的理想呢。

維特是個富於自我意識的市民青年，不甘心對人俯首貼耳，自認低人一等，結果在貴族社會中便處處碰壁。他雖卓有才智，卻在他當秘書的公使館中待不下去，因為上司對他的工作、交際以至於寫文章的句法、標點等等，無不挑剔、指責。他無意間躋身於C伯爵家的聚會，貴族男女便一個個讓人飽嘗他們那「世襲的傲慢」的滋味，不約而同地要求主人驅趕他，然後把事情張揚出去，鬧得滿城風雨，使心高氣傲的他受到莫大刺激。就連那個除去「一串祖先的名字和可資憑藉的貴族頭銜」便一無所有的破落女貴族，也以自己的外甥女與他交往為恥辱，使他更是感到痛苦。貴族階級的歧視，使維特憤懣不平，以致「曾上百次地抓起刀來，想刺穿自己的胸膛以抒積鬱」。

然而，封建勢力的壓迫和扼殺人性，只是妨礙資產階級人道主義理想實現的外部原因，市民社會發展本身帶來的矛盾，才是註定這一理想必然破滅的深刻的內因。

資本主義的勞動分工的發展，促使了人性的異化；「人」消失了，剩下的只是貪得無厭的資本家和出賣勞力的工資奴隸。德國資本主義的發展雖遠遠落後於英、法，但所造成的人性的敗壞也很嚴重；「人」同樣消失了，剩下的只是小市民。恩格斯在《德國現狀》一文中，把當時的德國形象地比作「只不過是一個糞堆」，而德國的資產者「處在這個糞堆中卻很舒服，因為他們本身就是糞，周圍的糞使他們感到溫暖」。這些身處「糞堆」而感到舒服自在的德國資產者，哪兒有心思和能力去追求崇高的人道主義理想呢？哪兒能支持和容許他們中的少數先進分子去實現這種理想呢？歌德以至於整個狂飆突進運動的可悲處境就是如此。

小說《維特》用了更多的篇幅，從日常生活中揭示主人公理想破滅的階級內因。首先我們看到，心性高卓的維特不止被貴族階級視為異己，就連在市民社會中也是個孤獨者，處處遭人冷眼、白眼。一班庸俗小市民更對他心懷嫉恨，罵他妄自尊大，對他在貴族聚會中受辱一事津津樂道，引以為快。就連他的好友威廉和另外兩個屬於知識分子階層的人，對他的思想言行也不能理解，難怪他要對威廉抱怨說：「甚至在日常生活中也一樣，只要誰稍有自由的、高尚的、出人意表的言論行動，你就會聽見人們在他背後叫『這人喝醉了！』『這人是個傻瓜！』這真使我受不了。可恥啊，你們這些清醒的人！可恥啊，你們這些智者！」實際上，維特罵的「清醒的人」都是些猥瑣昏聵的小市民；他自己，才真正是個覺醒者。

其次再看市民的生活和相互關係，更是庸俗虛偽透頂。他們有的心安理得地為貴族階級效犬馬之勞，有的不知羞恥地冒充貴族，逢人便講自己的「高貴血統和領地」。他們彼此之間爾虞我詐，「互相搶奪著健康、榮譽、歡樂和休息」，「成年累月所盤算和希冀的只是如何在聚餐時把自己的座位往上移一把椅子」，或者乘雪橇郊遊時走在頭裡。面對著這些現象，維特不禁驚呼：「這些人真不知怎麼成其為人！」

維特與綠蒂的愛情之所以不成功，主要固然是礙於禮法，因為綠蒂已先由母親許配給阿爾伯特；但是，在綠蒂方面，卻也不無出於實利的考慮。她認為，阿爾伯特的「穩重可靠彷彿是天生來作為一種基礎，好讓一個賢淑的女子在上面建立幸福的生活；她感到，他對她和她的弟妹來說真是永久都很重要」。所以，她雖明知自己與維特更加情投意合，失去維特「定會給她的生活造成無法彌補的空虛」，卻仍放棄愛情而保持「幸福」，甘為庸庸碌碌、感情冷冰的阿爾伯特之妻，結果並未得到真正的幸福。維特呢，也因目睹婚後綠蒂並不幸福，或者不如和他在一起那麼幸福，而增加了心中的痛苦。

《維特》揭露了市民社會其他方面的許許多多虛偽和醜惡的現象，而正是目睹著這些現象，維特心中一天天增加了破滅之感，以致更加厭世輕生。如果說，貴族階級的歧視和壓迫，曾使維特憤懣不平，一度想「抓起刀來刺破自己的胸膛以抒積鬱」的話；那麼，對市民社會的厭惡和失望，更令他痛心疾首，真的「提早結束了生命的旅程」。

《維特》一書對扼殺人性的封建制度的揭露，無疑是尖刻而有力的；但對敗壞人性的市民社會的剖析，卻具有更深遠的意義和廣泛的影響。

（三）對妨礙新興資產階級的理想實現的德國社會進行譴責和抗議

恩格斯在談到青年歌德所生活的那個時代時指出，「這個時代的政治和社會方面是可恥的，但是在德國文學方面卻是偉大的……這個時代的每一部傑作都滲透了反抗當時整個德國社會的叛逆的精神……」儘管恩格斯只舉了歌德的《葛茲・封・伯里欣根》和席勒的《強盜》作例子，但《維特》毫無疑問也是這樣一部滲透著叛逆和反抗精神的作品；只不過它叛逆反抗的性質和方式，與前兩者不同罷了。這就是說，維特不只是個覺醒者，也是個叛逆者；他雖不能像葛茲和卡爾・莫爾似的拿起武器來與社會抗爭，卻在廣泛的精神領域裡對社會發起了挑戰。

與迂腐頑固的貴族男女和渾渾噩噩的小市民相比，維特是一個新型的人，有著完全不同於他們的價值觀：貴族階級的尊榮，資產階級的金錢，公使秘書的前程，統統為他所鄙棄；他所一心嚮往的只是「自然」。他蔑視社會既成的上下關係，對他的上司公使不肯俯首貼耳，在貴族階級面前毫無一般小市民的奴顏婢膝之態；他蔑視社會的法律準則，公開為犯了罪的青年長工辯護；他蔑視社會的禮教規範，在綠蒂婚後仍執意愛著她；他蔑視公認的宗教信條，不承認天父和人——自然和自然之子之間存在一位所謂救世主耶穌，甚至認為宗教信仰只是「虛弱者的手杖」，並非人人必需；最後，他明知自殺是一種「叛教」行為，卻偏偏在耶誕節前夕自盡身死……等等這些，都是維特對妨礙他實現自己理想的社會的反抗和叛逆。

盧卡契認為：「維特之所以自殺，是因為他絲毫不肯放棄自己的人道主義的革命理想，在理想這類問題上不肯做任何折中妥協。他悲劇中的這一寧折不彎的精神，賦予他的死一種美麗的光輝；就是這光輝，今天仍構成此書永不凋謝的魅力。」盧卡契還認為，維特為了美好的理想而死，是與法國大革命中的英雄們為了同一理想而慷慨就義一樣地悲壯。

筆者覺得，盧卡契對維特自殺的意義似嫌估計過高，因為自殺本身畢竟是一種有悖自然的消極行為，在今天的讀者眼中已不能、也不應構成《維特》一書「永不凋謝的魅力」；構成這種魅力的，應該說是維特所追求的全面自由地發展人的一切潛能這一理想本身。

但另一方面，筆者也不贊成把維特的厭世輕生簡單地斥為「病態」、「頹廢」等等；因為，正如哈姆萊特的裝瘋和賈寶玉出家一樣，維特的自殺也是在特定的歷史和社會條件下不得已而採取的一種反抗行為。

《維特》的藝術特色

作品的思想內容，決定作品的藝術形式；但只有有了恰當的形式，內容才能得到充分表現。《維特》這部作品的成功，證明了內容與形式的這種辯證關係。

論內容，《維特》既無驚心動魄的故事，也無離奇曲折的情節，寫的多半是些日常生活中的現象和事件，以及主人公對這些現象和事件的思考和反應。論格調，《維特》重在揭示主人公的內心，抒寫他的情感：或歡欣陶醉，或苦悶不滿，或憧憬追求，或憤懣絕望，主觀色彩是較重的。這樣的內容和格調，顯然既不宜於採用擅長表現外部動作和衝突的戲劇與傳統小說的寫法，也不宜於採用以抒寫內心情感見長、但卻無法描寫瑣屑的生活現象的抒情詩形式。青年歌德恰到好處地選取了第一人稱的書信體小說的寫法，讓主人公像對自己的知心朋友一樣，把他的經歷見聞和思想情感直接訴諸讀者，很好地做到了形式與內容的協調統一。

歌德把主人公維特致友人威廉和綠蒂的近百封書信以及日記，片斷巧妙地編排在一起，煞有介事地在書前冠以「編者」的引言，中間穿插進若干條注腳，結尾再添上一大段《編者致讀者》，把一個平淡無奇的故事講得有聲有色，娓娓動聽。信中時而敘事，時而寫景，時而抒情，時而針砭時弊，大發議論，但都聲情畢肖，各盡其妙，讀著讀著，我們彷彿就變成收信者，眼前出現了主人公的音容笑貌，耳際聽見了他的涕泣悲嘆，思想感情不由得與他產生強烈的共鳴。

在信中，維特有時冷靜地直接進行自我解剖。比如關於他那顆「心」，他就告訴我們它如何「時時地戰慄著」，如何「變化莫測，反覆無常」；他如何「把它當成個病孩兒似的遷就，對它有求必應」，他毫不諱言，他的心「是軟弱的，很軟弱的」，他自己不幸的根源就在於這顆心；但儘管如此，他卻視它為自己「惟一的驕傲」。通過這樣的自白，我們不是已經知道主人公是個何等多愁善感、心高氣傲的青年？不是預感到了在嚴酷的社會現實面前，他這敏感而脆弱的心是難免破碎的嗎？

但更經常地，歌德是讓主人公把自己心中熱烈的情感儘量傾瀉於讀者面前。如在一七七一年五月十日的信中，他一開始便歡呼：「一種奇妙的歡愉充溢了我的整個靈魂，甜蜜得就像我專心一意地享受著的這些春晨。這地方恰似專為與我有同樣心境的人創造的，我在此獨享著生的樂趣。我真幸福啊，好朋友！……」一種置身於美好大自然中的欣喜、溫暖、充實、幸福的感情，頓時躍然紙上，感染著讀信的人。

歌德還善於通過細節描寫，間接表現主人公的情感，揭示他的內心。尤其是維特對綠蒂的一片衷情，書中的描寫更為生動。如舞會被突然襲來的暴風雨打斷後，綠蒂帶領青年們圍成一圈做報數遊戲，誰報錯了就得吃她一記耳光；我們的主人公打心眼裡高興的是，綠蒂給他的兩下「比給別人的還要重一些哩」。一句話生動描畫出了一個癡情少年的內心世界！書中有不少類似這樣的纏綿悱惻的描寫，反映了當時西歐文學中放縱感情的習尚。

《維特》中自然景物的描繪也異常成功，全書一開始對大好春光的讚頌尤其富於感染力。《維特》的寫景狀物起著烘托情感、宣洩內心的作用。請看，維特初到瓦爾海姆正值萬物興榮的五月，離開和再回來時已是落木蕭蕭的初秋，在他行將謝世時更到了雨雪交加的隆冬——這時序的更迭與自然界的變化，與主人公由歡欣而愁苦以至於絕望的心理發展過程，有多麼吻合。

還有荷馬史詩的情節、意境和「莪相」的哀歌，也恰到好處地穿插在書中，前者的寧靜、樸素、明朗，後者的感傷、朦朧、詭奇，都有力地渲染了小說前後兩部分不同的情調和氣氛，主人公的心境變遷也因此而更明顯。上述所有手法，直抒胸臆、冷靜自白也好，細節描寫、景物烘托也好，都不僅起到深刻細膩地刻畫主人公內心世界的作用，而且賦予了《維特》這部小說以濃烈的感情，沛然的詩意，使書中的山川草木（比如維特一再提到的那座井泉）都蒙上了奇異的感情色彩，呼吸著馥郁的詩的氣息，顯得神奇非凡而引人遐思。人們常稱讚《維特》是一篇優美的「散文詩」，看來很有道理。

《維特》名為長篇小說，實際上只有一百多頁，容量不過一個長一點的中篇。但是，它除去寫了維特個人不幸遭遇的始末和內心變遷，還展現了從城市到農村、從貴族階級到市民社會的廣闊而複雜的社會生活。如此多的內容，倘使沒有適當的結構形式，顯然很難裝進像《維特》這樣一本「小書」裡去的。

《維特》的結構非常靈便。它以主人公的經歷為線索，把近百封書信串了起來，信與信的內容不一定銜接，寫信時間的相隔也有長有短，每封信的內容更可少可多。這樣，情節就跳躍式地展開，省卻了許多過渡性的筆墨。《維特》的剪裁也極為嚴格、經濟，大至一個事件、一個場面、一個人物，小至一個細節、一泉一石、一木一草，都是為刻畫主人公的性格形象和闡明主題思想服務的。

歌德曾對艾克曼說，《維特》包含著他「大量的情感和思想，足夠寫一部比此書長十倍的長篇小說」；從《維特》結構剪裁的精當、語言行文的含蓄看，他這話並非誇大。

《維特》在中國

相傳早在《維特》問世後五載的一七七九年，就有德國人在一艘商船上看見一幅玻璃鏡畫，畫著維特的故事。又有人講，在中國皇帝的宮中親眼見過一些繪有維特和綠蒂肖像的瓷瓶。這些傳說本身雖未可置信，但是，從十七世紀初德國已派傳教士來中國，十八世紀便設立了專門從事東方貿易的機構，傳教士和商人們在傳教與做買賣的同時，也把中國文化介紹到德國，並為歌德所接觸到等等情況看，中國人反過來瞭解一點德國文學，聽到一點在德國乃至歐洲家喻戶曉的維特的故事，也並非全無可能。

至於後來德國漢學家衛禮賢（RichardWilhelm）在《歌德與中國文化》一文中講的情況，就比較可靠了。他寫道：「……在廣州地方，特別在為外國人預備瓷器，所謂客貨那類東西，上面的畫圖是照歐洲人的嗜好繪的，所以畫上作維特與綠蒂等人的像……」總之，歌德在生前已聽見他的《維特》遠遊中國的消息，不僅深信不疑，而且引以自豪，為之神往。

下面四句歌德寫於一七八九年的詩，就間接反映了這個情況：

德國人摹仿我，法國人讀我入迷，

英國啊，你殷勤地接待我這個憔悴的客人；
可對我又有何益呢，甚至中國人
也用顫抖的手，把維特和綠蒂畫上了鏡屏……

《維特》來到中國有文字可考的最早的時間，是清光緒二十三年（一九〇三）。當年七月，上海作新社譯印了一本《德意志文豪六大家列傳》（亦名《德意志先覺六大家列傳》），其中就有一篇《可特傳》（《歌德傳》）。譯述者為趙必振，所據原書係日本大橋新太郎於一八九三年所編。《可特傳》除較詳細地介紹歌德生平和著作外，也談到了《烏陸特陸之不幸》。這位烏陸特陸並非別人，就是我們說的維特。《可特傳》中稱《烏陸特陸之不幸》為一篇「傳奇」，說「其中材料概自（歌德）自己閱歷而來」，並略述了《維特》的成書始末和巨大影響，最後感嘆道：「可特氏之勢力，不亦偉哉！」

在與《德意志文豪六大家列傳》出版的差不多時間，著名詩人馬君武已譯述了貴推（歌德）的《威特之怨》（《少年維特的煩惱》）中的一個片斷，題名為《阿明臨海哭女詩》，收在一九一四年上海文明書局出版的《馬君武詩稿》中。譯者介紹歌德說：「貴推為德國空前絕後之一大文豪，吾國稍讀西笈者皆知之。而《威特之怨》一書，實其自介紹社會之最初傑作也」。

《維特》在我國真正產生影響，是在五四運動時期。一九二〇年五月，上海亞東圖書館印行了一本《三葉集》，清楚地反映了這種影響。

在一九二二年，中國終於出現了《維特》的第一個全譯本——郭沫若譯的《少年維特的煩惱》。

《維特》儘管是於問世後整整一個半世紀才來到中國，卻仍在正進行著反對封建舊禮數鬥爭的一代中國青年中找到了知音。不少包辦婚姻的受害者與維特同病相憐，被他的故事感動得涕淚交流；一對對決心走自由戀愛之路的情侶，更以《維特》互相贈送，以示自己愛情的忠貞。一時間，「青年男子誰個不善鍾情？妙齡女人誰個不善懷春？」的詩句在廣大青年中流傳不息，匯成了一片對封建禮教的示威和抗議之聲。蔡元培先生在《三十五年來中國之新文化》一文中，談到外國小說的翻譯對我國「起於戊戌」的「文學的革新」的推動，具體舉出的第一本書就是《少年維特的煩惱》，說它「影響於青年的心理頗大」。

除郭沫若的譯本外，我國後來還陸續出過羅牧、傅紹先等大約十個譯本，譯名全叫《少年維特的煩惱》。在所有這些本子中，仍以郭譯流布最廣，最受歡迎，僅據一九三二年的一個不完全統計，十年間郭譯《維特》已由不同書店重印三十版之多。以一部外國文學作品在我國重譯、重印次數之多和影響之深廣論，《維特》恐怕是無與倫比的。

今天，《維特》這部書仍可以幫助我們，特別是青年讀者瞭解十八世紀德國和歐洲的社會風貌，瞭解當時一代青年的感情、憧憬和苦悶。「五四」時期，《維特》曾深得我國處於反封建鬥爭中的知識青年的喜愛，通過它，我們也可以間接聽見這一代中國青年的心聲。總的看來，《維特》這部作品的格調是高的，只要注意不受其感傷厭世情緒的薰染，讀一讀不無好處，而且，《維特》這部世界名著可稱一個小小的藝術寶庫，深入進去，我們定能採到不少珍珠寶石，獲得巨大的藝術享受。

關於可憐的維特的故事，凡是我能找到的，我都努力搜集起來，呈獻在諸位面前了；我知道，諸位是會感謝我的。對於他的精神和品格，諸位定將產生欽慕與愛憐；對於他的命運，諸位都不免一灑自己的同情淚。

而你，正感受著與他同樣煩惱的善良人呵，就從他的痛苦中汲取安慰，並讓這本薄薄的小書做你的朋友吧，要是你由於命運的不濟或自身的過錯，已不可能有更知己的人的話。

第一篇

一七七一年

五月四日

我多高興啊，我終於走了！好朋友，人心真不知是個什麼東西！我離開了你，離開了自己相愛相親、朝夕不捨的人，竟然會感到高興！

我知道你會原諒我。命運偏偏讓我結識了另外幾個人，不正是為了來擾亂我這顆心麼？可憐的蕾奧諾萊！但我是沒有錯的。她妹妹的非凡魅力令我賞心悅目，卻使她可憐的心中產生了痛苦，這難道怪得著我？然而——我就真的完全沒有錯嗎？難道我不曾助長她的感情？難道當她自自然然地流露真情時，我不曾沾沾自喜，並和大家一起拿這原本不可笑的事情來取笑她麼？難道我……？

唉，這人啊真是一種慣會自怨自責的怪物！而我，親愛的朋友，我向你保證，我一定改弦更張，絕不再像以往那樣，總把命運加給我們的一點兒痛苦拿來反覆咀嚼回味；而要樂享眼前，過去了的就讓它過去。是的，好朋友，誠如你所說：人們要是不這麼沒完沒了地運用想像力去喚起昔日痛苦的回憶——上帝才知道為什麼把人造成這個樣子——，而是多考慮考慮如何挨過眼前的話，人間的痛苦本來就會少一些的。

勞駕告訴我母親，我將盡力料理好她那件事，並儘快回信給她。我已見過我姑媽了，發現她遠非我們在家所講的那麼個刁婆子，而是一位熱心快腸的夫人。我向她轉達了我母親對於扣下一部分遺產未分的不滿，她則對我說明了這樣做的種種理由和原因，以及要在什麼條件下，她才準備全部交出來，也就是說比我們要求的還多……簡單講，我現在還不想具體談什麼；請轉告我母親，一切都會好起來的。就在這件小小的事情上，好朋友，我再次發現誤解與成見，往往會在世界上鑄成比詭詐與惡意更多的過錯。至少可以肯定，後兩者要罕見一些。

再就是我在此間非常愉快。這個樂園一般的地方，它的岑寂正好是醫治我這顆心的靈丹妙藥；還有眼前的大好春光，它的溫暖已充滿我這顆時常寒慄的心。每一株樹，每一排籬笆上，都是繁花盛開；人真想變成一隻金甲蟲，到那馥鬱的香海中去遨遊，去盡情地吸露吮蜜。

城市本身並不舒適，四郊的自然環境卻說不出的美妙。也許這才打動了已故的M伯爵，把他的花園建在一座小丘上。類似的小丘在城外交錯縱橫，千姿百態，美不勝收，丘與丘之間還構成一道道幽靜宜人的峽谷。花園佈局單純，一進門便可感覺出繪製藍圖的並非某位高明的園藝家，而是一顆渴望獨享幽寂的敏感的心。對於這座廢園的故主人，我在那間業已破敗的小亭中灑下了不少追懷的眼淚；這小亭子是他生前最愛待的地方，如今也成了我留連忘返的所在。不久，我便會成為這花園的主人，沒幾天工夫，看園人已對我產生好感，再說我搬進去也虧不了他。

五月十日

一種奇妙的歡愉充溢著我的整個靈魂，使它甜蜜得就像我所專心一意地享受著的那些春晨。這地方好似專為與我有同樣心境的人創造的，我在此獨自享受著生的樂趣。

我真幸福啊，朋友，我完全沉湎在對寧靜生活的感受中，結果我的藝術便荒廢了。眼下我無法作畫，哪怕一筆也不成；儘管如此，我現在卻比任何時候都更配稱一個偉大的畫家。每當我周圍的可愛峽谷霞氣蒸騰，杲杲的太陽懸掛在林梢，將它的光芒這兒那兒地偷射進幽暗密林的聖地中來時，我便躺臥在飛泉側畔的茂草裡，緊貼地面觀察那千百種小草，感覺到葉莖間有個擾攘的小小世界——這數不盡也說不清的形形色色的小蟲子、小蛾子——離我的心更近了，於是我感受到按自身模樣創造我們的全能上帝的存在，感受到將我們託付於永恆歡樂海洋之中的博愛天父的噓息，我的朋友！隨後，每當我的視野變得朦朧，周圍的世界和整個天空都像我愛人的形象似地安息在我心中時，我便常常產生一種急切的嚮往，啊，要是我能把它再現出來，把這如此豐富、如此溫暖地活在我心中的形象，如神仙似地呵口氣吹到紙上，使其成為我靈魂的鏡子，正如我的靈魂是無所不在的上帝的鏡子一樣，這該有多好呵！——我的朋友！——然而我真去做時卻會招致毀滅，我將在壯麗自然的威力底下命斷魂銷。

五月十二日

不知是附近一帶有愚弄人的精靈呢，還是我自己異想天開，竟覺得周圍的一切都如樂園中一般美好。就在城外不遠有一口井，我真像人魚美露西娜[1]和她的姊妹似地迷上了它。——下了一座小丘，來到一頂涼棚前，再走下二十步石階，便可見大理石岩縫中湧出一泓清澈的泉水。那繞井而築的矮牆，那濃蔭匝地的大樹，那井泉周圍的清涼，這一切都有一股誘人的力量，令人怦然心悸。

我沒有一天不去那兒坐上個把小時。常有城裡的姑娘們來打水，這是一種最平凡又最必要的工作，古時候連公主們也親自做過的。每當我坐在那兒，古代宗法社會的情景便活現在我眼前，我彷彿看見老祖宗們全聚在井泉邊，會友的會友，聯姻

1 美露西娜是法國民間傳說中的美人魚，她的故事後來流傳到德國，收進了民間故事書中。

的聯姻；而在井泉四周的空中，卻飛舞著無數善良的精靈。

呵，誰若無此同感，誰就必定從不曾在夏日的長途跋涉後，把令人神怡氣爽的清泉啜飲。

五月十三日

你問需不需要寄書給我？——好朋友，我求你看在上帝分上，千萬別再拿它們來煩擾我吧。我不願意再被指導，被鼓舞，被激勵；我這顆心本身已夠不平靜的了。我需要的是催眠曲；而我的荷馬[2]，就是一首很長很長的催眠曲。為了使自己沸騰的血液冷靜下來，我常常輕聲哼唱這支曲子；要知道你還不曾見過任何東西，像我這顆心似地反覆無常，變化莫測喲，我的愛友！關於這點我對你毋須解釋；你不是已無數次地見過我從憂鬱一變而為喜悅，從感傷一變而為興奮，因而擔驚受怕過麼？我自己也把我這顆心當作一個生病的孩子，對他有求必應。別把這話講出去，傳開了有人會罵我的。

2 荷馬，相傳為西元前八世紀前後的希臘盲詩人，他的作品為史詩《伊利亞特》和《奧德賽》。維特讀的是後者。

五月十五日

本地的老鄉們已經認識我，喜歡我，特別是那班孩子們。起初，我去接近他們，友好地向他們問這問那，他們中有幾個還當我是拿他們開心，便想粗暴地打發我走。我並不氣惱，相反，只對一個我已多次發現的情況，有了切身的體會：就是某些稍有地位的人，總對老百姓採取冷淡疏遠的態度，似乎一接近就會失去什麼來著；同時又有一些輕薄仔和搗蛋鬼，跑來裝出一副紆尊降貴的模樣，骨子裡卻想叫窮百姓更好地嘗嘗他們那傲慢的滋味。

我清楚地知道，我與他們不是一樣的人，也不可能是一樣的人；但是，我認為誰如果覺得自己有必要疏遠所謂下等人以保持尊嚴，那他就跟一個因為怕失敗而躲避敵人的儒夫一樣可恥。

最近我去井邊，碰到一個年輕使女，見她把自己的水甕擱在最低的一級臺階上，正在那兒東瞅瞅，西望望，等著同伴來幫助她把水甕頂到頭上去。我走下臺階，望著她。

「要我幫助你嗎，姑娘？」我問。

她頓時滿臉通紅。

「噢不，先生！」她道：「別客氣！」

她放正頭上的墊環，我便幫她頂好水甕。她道過謝，登上臺階去了。

五月十七日

我已認識了各式各樣的人，但能做伴的朋友卻還一個沒交上。我不知道自己有什麼吸引人的地方，他們那麼多人都喜歡我，願意與我親近；而惟其如此，我又為我們只能同走一小段路而感到難過。

你要是問這兒的人怎麼樣，我只能回答：跟到處一樣！人類嘛，都是一個模子鑄出來的。多數人為了生活，不得不忙忙碌碌，花去大部分時間；剩下一點點餘暇卻使他們犯起愁來，非想方設法打發掉不可。這就是人類的命運啊！

此地的人倒挺善良！我常常忘記自己的身分，和他們一起共用人類還保留下來的一些歡樂，或圍坐在一桌豐盛的筵席前開懷暢飲，縱情談笑，或及時舉行一次郊遊、一次舞會，等等這些，都對我的心境產生了很好的效果；只可惜偶爾我不免想起，我身上還有許多其他能力未能發揮，正在發霉衰朽，不得不小心翼翼地收藏起來。唉，一想到這一點，我的整個心就縮緊了。——可有什麼辦法！遭人誤解，這便是我們這種人的命運。

可嘆呵，我青年時代的女友已經去世！可嘆呵，我曾與她相識！——我真想說：「你是個傻瓜！你追求著在人世間找不到的東西。」可是，我確曾有過她，感到過她的心，她的偉大的靈魂；和她在一起，我自己彷彿也增加了價值，因為我成了我所能成為的最充實的人。

仁慈的主呵！那時難道有我心靈中的任何一種能力不曾發揮麼？我在她面前，不是能把我的心用以擁抱宇宙的奇異情感，整個兒抒發出來麼？我與她的交往，不就是一幅不斷用柔情、睿智、戲謔等等織成的錦緞麼？這一切上面，全留下了天才的印記呀！可而今！——唉，她先我而生，也先我而去。我將永遠不會忘記她，不會忘記她那堅定的意志，不會忘記她那非凡的耐性。

幾天前，我見過一個叫V的青年，為人坦率，模樣兒長得也挺俊。他剛從大學畢業，雖說還不至以才子自居，卻總以為比別人多幾分學問。我從一些事情上感覺出，他人倒勤奮，或者說，也有相當知識吧。當他聽說我會畫畫，還懂希臘文——

這在此間可算兩大奇技——時，便跑來找我，把他淵博的學識一股腦兒抖摟了出來，從巴托[3]談到伍德[4]，從德・俾勒[5]談到溫克爾曼[6]，並要我相信他已把蘇爾澤[7]的《原理》的第一卷通讀過一遍，他還收藏有一部海納[8]研究古典文化的手稿呢。對他的話我未置一詞。

我還結識了一位很不錯的男子，是侯爵在本城的總管，為人忠厚坦誠。據說，誰要看見他和他的九個孩子在一塊兒，誰都會打心眼兒裡高興；尤其對他的大女兒，人家更是讚不絕口。他已邀請我上他家去，我也打算儘早前往拜訪。他住在侯爵的獵莊上，離城約一個半小時路程；自從妻子亡故以後，他住在城裡和法院裡都心頭難受，便獲准遷到獵莊去了。

3 巴托（Abbe Charles Batteux，一七一三—一七八〇），法國美學家，法國藝術哲學的奠基人。
4 伍德（Robert Wood，一七一六—一七七一），英國著名荷馬研究家。
5 德・俾勒（Roger de Piles，一六三五—一七〇九），法國畫家和美術理論家。
6 溫克爾曼（Johann Joachim Winkelmann，一七一七—一七六八），德國考古學家和古代藝術史家。
7 蘇爾澤（Johann Georg Sulzer，一七二〇—一七七九），瑞士美學家。
8 海納（Christian Gottlob Heyne，一七二九—一八一二），德國古典語言學家和古希臘文學研究家。

此外，我還碰著幾個怪人，一舉一動都叫你受不了，尤其是他們的那股子親熱勁兒。

再談吧！這封信你一定喜歡，它完完全全是紀實。

五月廿二日

人生如夢，這是許多人早已有過的感受；而我呢，到哪裡也會生此同感。

我常常看見人的創造力和洞察力都受到局限，我常常看見人的一切活動，都是為了滿足某些需要，而這些需要除去延長我們可憐的生存，本身又毫無任何目的；臨了，我還發現，人從某些探索結果中得到的自慰，其實只是一種夢幻者的怠惰，正如一個囚居斗室的人，把四面牆壁統統畫上五彩繽紛的形象與光輝燦爛的景物一般——這一切，威廉喲，都令我啞口無言。我只好回到自己的內心，去發現一個世界！為此又更多地依靠預感與朦朧的渴望，而不依靠創造與活力。這一來，一切對於我的感官都是遊移不定的；我也如在夢裡似的，繼續對著世界微笑。

大大小小的學究們一致斷定，小孩兒是不知何所欲求的；豈只小孩兒，成人們還不是在地球上東奔西闖，同樣不清楚自己打哪兒來，往哪兒去，同樣幹起事來漫無目的，同樣受著餅乾、蛋糕和樺木鞭子的支配。

這個道理誰都不肯相信，但我想卻是顯而易見。因為我知道你聽了會說些什麼，我樂於向你承認：我認為，那些能像小孩兒似地懵懵懂懂過日子的人，他們是最幸福的。他們也跟小孩兒一樣拖著自己的布娃娃四處跑，把它們的衣服脫掉又穿上，穿上又脫掉，不然就乖乖圍著媽媽藏點心的抽屜轉來轉去；終於如願以償了，便滿嘴滿腮地大嚼起來，一邊嚷嚷著：還要！還要！——這才是幸福的人囉。

還有一種人，他們給自己的無聊勾當以至欲念想出種種漂亮稱呼，美其名曰為人類造福的偉大事業；他們也是幸福的。——願上帝賜福給這樣的人吧！可是，誰要虛懷若谷，正視這一切將會有怎樣的結果；誰要能看見每一個殷實市民如何循規蹈矩，善於將自己的小小花園變成天國，而不幸者也甘負重荷，繼續氣喘吁吁地進行在人生的道路上，並且人人同樣渴望多見一分鐘陽光——是的，誰能認識到和看到這些，他也會心安理得，自己為自己創造一個世界，並且為生而為人感到幸福。這樣，他儘管處處受著限制，內心卻永遠懷著甜滋滋的自由感覺；因為只要他願意，他隨時可以離開這座監獄。

五月廿六日

你一向瞭解我的居住習慣，只要有個安靜角落，便可建所小屋住下來，其他條件概不講究。在此地，我也發現了這麼個對我有吸引力的所在。

它離城約一小時路程，地名叫瓦爾海姆[9]，坐落在一個山崗旁，地勢頗為有趣。沿崗子上的小路往村裡走，整個山谷盡收眼底。

房東是位上了年紀的婦人，殷勤豁達，她斟出葡萄酒、啤酒和咖啡來請我喝。但最令我滿意的，是兩株大菩提樹，只見它們挺立在教堂前的小壩子上，枝葉扶疏，綠蔭映罩，四周圍著農家的住屋、倉庫和場院。如此幽靜、如此宜人的所在，實不易得，我便常常把房裡的小桌兒和椅子搬到壩子上，在那兒飲我的咖啡，讀我

9 讀者不必勞神去查考書裡這些地名；編者出於無奈，已將原信中的真地名改掉了。（作者注）

的荷馬。

頭一次，在一個風和日暖的午後，我信步來到菩提樹下，發現這地方異常幽靜。其時人們全下地了；只有一個約莫四歲的小男孩盤腿席地坐在壩子上，懷中還摟著個半歲光景的幼兒；他用自己的雙腿和胸部，給自己的弟弟做成了一把安樂椅。他靜悄悄地坐著，一對黑眼睛卻活潑潑地瞅來瞅去。我讓眼前的情景迷住了，便坐在對面的一張犁頭上，興致勃勃地畫起這小哥兒倆來。我把他們身後的籬笆、倉門以及幾個破車軲轆也畫上了，全都依照本來的順序；一小時後，我便完成了一幅佈局完美、構圖有趣的素描，其中沒有摻進我本人一丁點兒的東西。

這個發現增強了我今後皈依自然的決心。只有自然，才是無窮豐富；只有自然，才能造就大藝術家。對於成法定則，人們盡可以講許多好話，正如對於市民社會，也可以致這樣那樣的頌詞一般。誠然，一個按成法培養的畫家，決不至於繪出拙劣乏味的作品，就像一個奉法惟謹的小康市民，決不至於成為一個討厭的鄰居或者大惡棍；但是，另一方面，所有的清規戒律，不管你怎麼講，統統都會破壞我們對自然的真實感受、真實表現！

你會講：「這太過分啦！規則僅僅起著節制與剔除枝蔓這樣一些作用罷了！」——好朋友，我給你打個比方好嗎？比如談戀愛。一個青年傾心於一個姑娘，整天都廝守在她身邊，耗盡了全部精力和財產，只為時時刻刻向她表示，他對她是一片至誠。誰知卻出來個庸人，出來個小官僚什麼的，對他講：「我說小夥子呀！戀愛嘛是人之常情，不過你也必須跟常人似地愛得有個分寸。喏，把你的時間分配分配，一部分用於工作，休息的時候才去陪愛人。好好計算一下你的財產吧，除去生活必需的，剩下來我不反對你拿去買件禮物送她，不過也別太經常，在她過生日或命名日時送送就夠了。」——他要聽了這忠告，便又多了一位有為青年，我本人都樂於向任何一位侯爵舉薦他，讓他充任侯爵的僚屬；可是他的愛情呢，也就完啦，倘使他是個藝術家，他的藝術也完啦。

朋友們啊！你們不是奇怪天才的巨流為什麼難得激漲洶湧，奔騰澎湃，掀起使你們驚心動魄的狂濤麼？——親愛的朋友，那是因為在這巨流的兩邊岸上，住著一些四平八穩的老爺，他們擔心自己的亭園、花畦、苗圃會被洪水沖毀，為了防患於未然，已及時地築好堤，挖好溝了。

五月廿七日

我看我講得高興，只顧打比方，發議論，竟忘了把這兩個孩子後來的情況告訴你。我在犁頭上坐了將近兩個小時，完全沉醉在作畫裡；關於當時的心情，昨天我已零零碎碎向你談了一些。

傍晚，一位青年女子手腕挎著個小籃子，向著一直坐在壩子上沒動的小孩子走過來，老遠就嚷著：「菲力浦斯，真乖啊！」——她向我問好，我說了謝謝，隨後站起來，走過去，問她是不是孩子的媽媽。她回答「是」，一邊給大孩子半個白麵包，一邊抱起小孩子，滿懷母愛地親吻著。——「我把小弟弟交給我的菲力浦斯帶，」她說：「自己跟老大一塊兒進城買麵包、糖和熬粥的砂鍋去了。」——在她那掀開了蓋子的提籃中，我看見了這些東西。——「我打算晚上給咱漢斯（這是最小那個孩子的名字）熬點粥。我那老大是個淘氣鬼，昨兒個跟菲力浦斯爭粥吃，把鍋給砸啦。」——我問她老大現在何處，她回答在草地上放鵝；然而話音未了，他已一蹦一跳地跑來，給他大弟弟帶來了一根榛樹鞭子。

我繼續和婦人閒聊，得知她是一位教員的閨女，丈夫為著承繼一位堂兄的遺產，出門上瑞士去了。——「人家想騙他，」她說：「連信都不給他回，所以只好親自跑一趟。他一點消息也沒有，但願別出什麼事才好呵。」——和婦人分別時，我心情頗沉重，便給了小孩兒們一人一枚銀毫子，此外再給了一枚給他們的媽媽，請她下次進城時買個白麵包回來，拿給最小的孩子和粥一塊兒吃。隨後便分了手。

告訴你，好朋友，每當我心煩意亂的時候，只要看見這樣一個心平氣和的人，我便可安定下來。這種人樂天知命，過一天是一天，看見樹葉落時，只會想「冬天快到啦」，除此就別無思慮。

從那次以後，我常常出去。小孩子們都和我混熟了，在我喝咖啡時得到糖吃，傍晚與我一塊兒分享奶油麵包和優格。每逢禮拜天，我總給他們銀毫子，即使做完彌撒我沒回家，我也請房東太太代為分發給他們。

他們都信賴我，什麼話都對我講。每逢村裡有更多小孩聚到我這兒來，玩得興高采烈，有什麼願望都徑直表露的時候，我更是快活得什麼似的。孩子的母親總擔心「他們會打攪少爺」；我費了老大的勁，才打消了她的疑慮。

五月三十日

不久前我對你講的關於作畫的想法，顯然也適用於寫詩；詩人要做的只是發現美好的事物，並大膽地表達出來。此話說來誠然簡單，含義卻很深長。今天我見了一個場面，只要照實寫下來，便可成為世間最美的一首田園詩。然而詩也罷，場面也罷，田園牧歌也罷，統統有什麼意義呢？難道我們親身經歷了自然現象還不夠，還非得來一個依樣畫葫蘆不可麼？聽了這段開場白，要是你指望後面會有什麼高見宏論，那你又上當了。

使我這麼大發感慨的，僅僅是一個青年農民罷了。——我跟往常一樣，會講得不好；而你也跟往常一樣，我想，會認為我誇大其詞。還是在瓦爾海姆，總是在瓦爾海姆；在這個地方，稀罕事可算層出不窮哩。

有一夥人聚在壩子裡的菩提樹下喝咖啡。我不太喜歡他們，便找個藉口坐到了一邊。這當兒，從旁邊的農舍中走出來個青年，在那裡修理我曾經畫過的那張犁。他的模樣給我的印象不錯，我於是和他聊天，打聽起他的境況來。

不多時，我倆已經熟了，而且按我與這類人打交道的習慣，立刻便無話不談。他告訴我，他在一位寡婦家裡當長工，主人家待他非常好。提起他的女東家，他就滔滔不絕，滿口稱讚，我馬上看出，他對她已傾倒得五體投地。她已不很年輕，他說，由於受過丈夫的虐待，不準備再嫁人了。從他的言語間，我明顯感覺出，她在他眼裡是那樣的美，那樣的動人，他非常非常希望她能選中他，使他有機會幫她抹去她那前夫所留下的遺恨。

要對你描述出這個人的傾慕、癡情和忠心，必須逐字逐句重複他的話。對，還必須具有最偉大詩人的天分，才能繪聲繪色地描述出他那神態表情，他那悅耳的嗓音，他那火熱的目光。不！沒有任何語言，能夠表現出他的整個內心與外表所蘊藏的柔情；經我重述，一切都會變得淡而無味了。

特別令人感動的是，他那樣擔心我會對他和她的關係產生想法，懷疑她的行為不端正。當他講到她的容貌，講到她那雖已不再具有青春的誘惑力，但卻強烈吸引著他的身段時，他的神情更是感人，我惟有在自己心靈深處去體會，去重溫。

如此純潔的愛戀，如此純潔的渴慕，我在一生中從未見過，是的，也許可以講，連想也不曾想過，夢也不曾夢過，請別罵我，要是我告訴你，當我回憶起這個真摯無邪的戀人來時，我自己心中也熱血沸騰，眼看便隨時出現一個忠貞嫵媚的倩影，彷彿我也跟著燃燒起來，害起了如饑似渴的相思。

我現在渴望儘快見到她，或者不，仔細考慮之下，我又想避免和她見面。通過他情人的眼去看她，豈不更好；她要真來到我面前，也許就不再如我眼下想像的樣子，我又何必破壞這美好的形象呢？

六月十六日

我幹嘛久不給你寫信？——你提這個問題，想必也變成一位老學究了吧！你應該猜想到，我過得很好，好得簡直……乾脆告訴你吧，我認識了一個人，她使我無心他顧了。我已經……叫我怎麼說好呢。

要把認識這個最可愛的人兒的經過有條不紊地告訴你，在我將是困難的。我快樂而又幸福，因此不能成為一位好小說家。

一位天使！——得！誰都這麼稱呼自己的心上人，不是嗎？可我無法告訴你她有多麼完善，為什麼完美；一句話，她完全俘虜了我的心。那麼聰敏，卻那麼單純；那麼堅毅，卻那麼善良；那麼勤謹，卻那麼嫻靜……

我講的全是些廢話，空空洞洞，俗不可耐，絲毫沒反映出她的本來面目。等下次……不，不等下次，我現在立刻對你講她。我現在要不講，就永遠別想講了。要知道，我坦白告訴你，在開始寫這封信以後，我已經三次差點扔下筆，讓人給馬裝上鞍子，騎著跑出去了，不過我今天早上已起過誓不出去，只是仍時不時地跑到窗前，看太陽還有多高，是不是……我到底沒能克制住自己，我非去她那兒不可啊。這會兒我又坐下來，一邊吃奶油麵包當夜宵，一邊給你，威廉，繼續寫信。

當我看見她在那一群活潑的孩子中間，在她的八個弟妹中間，我的心是何等欣喜啊！

倘使我繼續這麼往下寫，到頭來你仍然會摸不著頭腦的。聽著，我要強迫自己詳詳細細地把一切告訴你。

不久前我說過，我認識了總管S先生，他曾邀請我儘快去他的隱居所，或者說他的小王國做客。我呢，卻把這件事拖了下來，要不是一個偶然的機會，讓我發現了那密藏在幽谷中的珍寶，我沒準兒永遠也不會去。

此間的年輕人在鄉下舉辦一次舞會，我也欣然前往參加。事前，我答應了本地一位心地善良、長相也俊、除此便不怎麼樣的姑娘的邀請，並已商定由我雇一輛馬車，帶我這舞伴和她表姐一起出城去聚會地點，順道兒還接一接S家的夏綠蒂。

「您將認識一位漂亮小姐？」當我們的馬車穿過砍伐過的森林向獵莊駛去的時候，我的舞伴開了口。

「不過您得當心，」她的表姐卻說：「可別迷上了她呀！」

「為什麼？」我問。

「她已經許了人，」我的舞伴回答，「一個挺不錯的小夥子，眼下不在家，他的父親去世了，他去料理後事，順便謀個體面的職務。」

這個消息在我聽來是無所謂的。

我們到達獵莊大門前的時候，太陽還有一刻鐘光景便要下山了。其時天氣悶熱，姑娘們都表示擔心，說那四周天邊的灰白色雲朵要是釀出一場暴雨來，那可就煞風景了。我擺出一副精通氣象學的架勢來安慰她們，其實自己心中也開始預想到，我們的舞會將要掃興了。

我下了馬車，一名女僕趕到大門口來請我們稍等一會兒，說小姐她馬上就來。我穿過院子，走向那建築得很講究的住屋。就在我上了臺階、跨進門去的當兒，一幕我見所未見的最動人的情景，映入了我的眼簾。

在前廳裡有六個孩子，從十一歲到兩歲，大的大，小的小，全都圍著一個模樣娟秀、身材適中、穿著雅致的白裙、袖口和胸前繫著粉紅色蝴蝶結的年輕女子。她手裡拿著一個黑麵包，按周圍弟妹的不同年齡與胃口，依次切給他們大小不等的一塊；她在把麵包遞給每一個孩子時都那麼慈愛，小傢伙們也自自然然地說一聲：謝謝！不等麵包切下來，全都高擎著小手在那兒等。而眼下，又一起津津有味地吃起來，一邊按照各自不同的性格，有的飛跑到大門邊，有的慢吞吞地踱過去，好看一看客人們，看一看他們的綠蒂姐姐將要乘著出門去的那輛馬車。

「請原諒，」她說：「勞您駕跑進來，並讓姑娘們久等。我剛才換衣服和料理不在家時要做的一些事情，結果忘了給孩子們吃晚餐。他們可是除我以外，誰切的麵包也不肯吃啊。」

我略微客套了兩句，我的整個心靈都讓她的形象、她的聲音、她的舉止給佔據了。直到她跑進裡屋去取手套和扇子，我才從驚喜中回過神來。

小傢伙們都遠遠地站在一旁瞅著我，我這時便朝年齡最小、模樣兒也最俊的一個走過去，可他卻想退開。

「路易士，跟這位哥哥握握手。」這當兒綠蒂正好走進門來，說道。

小男孩於是大大方方把手伸給我，我忍不住熱烈吻了他，雖然他那小鼻頭兒上掛著鼻涕。

「哥哥？」我問，同時把手伸給她，「您真認為，我有配做您親眷這個福分麼？」

「噢，」她嫣然一笑，說：「我們的表兄弟多著哩。要是您是其中頂討厭的一個，那我就遺憾啦。」

臨走，她又囑咐她的大妹妹索菲——一個約莫十一歲的小姑娘，好好照看弟妹，並在爸爸騎馬出去散心回來時向他問安。她還叮嚀小傢伙們要聽索菲姐姐的話，把索菲當作就是她一般。幾個孩子滿口答應，可有個滿頭金髮、六歲光景的小機靈鬼卻嚷起來：「她不是你，綠蒂姐姐，我們更喜歡你嘛。」這其間，最大的兩個男孩已經爬到馬車上，經我代為求情，她才答應他倆一塊兒坐到林子邊，條件是保證不打不鬧，手一定扶牢。

我們剛一坐穩，姑娘們便寒暄開了，並品評起彼此的穿著，特別是帽子來，還對即將舉行的舞會，作了一番挑剔。

正講在興頭上，綠蒂已招呼停車，讓她的兩個弟弟下去，小哥兒倆卻要求再親親她的手。大的可能有十五歲，在吻姐姐的手時彬彬有禮；小的則毛毛躁躁，漫不經心，綠蒂讓他倆再次問候小弟妹們，隨後車又開了。

表姐問，綠蒂有沒有把新近寄給她的那本書讀完。

「沒有，」綠蒂說：「這本書我不喜歡，您可以拿回去了。上次那本也不見得好看多少。」

我問是怎樣的書，她回答了我，令我大吃一驚……[10]我從她的所有談吐中都發現她是那樣有個性；每聽她講一句，我都從她的臉龐上發現了新的魅力，新的精神光輝。漸漸地，這張臉龐似乎更加愉快和舒展了，因為她感覺到，我是理解她的。

「當我年紀還小的時候，」她說：「我什麼也不愛讀就愛讀小說。禮拜天總躲在一個角落裡，整個心分擔著燕妮姑娘[11]的喜怒哀樂。上帝知道我當時有多幸福呵。我不否認，這類書對我仍有某些吸引力。可是，既然眼下我很少有工夫再讀書，那我

10 為了不給誰發怨言的機會，編者被迫刪去了一段；儘管從根本上講，任何作家都不會在乎這個姑娘和那個青年對他是如何評論的。（作者注）

11 燕妮姑娘是一部當時流行的感傷主義小說的女主角。

讀的書就必須十分對我的口味。我最喜歡的作家必須讓我能找到我的世界，他書裡寫的彷彿就是我本人，使我感到那麼有趣，那麼親切，恰似在我自己家裡的生活，它雖然還不像天堂那麼美好，整個看來卻已是一種不可言喻的幸福的源泉。」

聽了這番議論，我好不容易才隱藏住自己的激動。這局面自然沒有維持多久，因為一聽她順便提到了《威克菲牧師傳》[12]以及……[13]竟談得那樣有真知灼見，我便忘乎所以，把自己知道的和盤托出，講啊講啊，直到綠蒂轉過頭去和另外兩位姑娘搭訕，我才發現她倆瞪大了眼睛，在那兒坐冷板凳。表姐還不止一次地對我做出嗤之以鼻的樣子，我也全不介意。話題轉到了跳舞的樂趣上。

「就算這種愛好是個缺點吧，」綠蒂說：「我也樂於向你們承認，我不知道有什麼比跳舞更好的了。有時候我心頭不痛快，可只要在我那架破鋼琴上彈支英國鄉村舞曲，便一切都忘了。」

12《威克菲牧師傳》（The Vicer of Wakefield，一七六六）是英國著名作家哥爾斯密（Oliver Goldsmith，一七二八—一七七四）的一部小說，歌頌樸實自然的田園生活，在當時的德國很受歡迎。

13此處也刪去了幾位本國作家的名字。因為誰能得到綠蒂的讚賞，他一讀這段話心中便自有所感，而局外人則誰也無須知道。（作者注）

談話間，我盡情地欣賞她那黑色的明眸；我整個的魂魄，都讓她那活潑伶俐的小嘴與鮮豔爽朗的臉龐給攝走了！她的雋永的談吐完全迷醉了我，對於她用些什麼詞我也就顧不上聽了！——你該想像得出當時的情形，因為你瞭解我。簡單講，當馬車平穩地停住在聚會的別墅前，我走下車來已經像個夢遊者似的，神魂顛倒，周圍朦朧中的世界對我已不復存在，就連從上面燈火輝煌的大廳中迎面飄來的陣陣樂聲，我也充耳不聞。

兩位先生，奧德蘭和某某，——誰記得清這許多名字呵！——一位是表姐的舞伴，一位是綠蒂的舞伴，趕到車邊來迎接我們，各人挽住了自己的女友。我也領著我的舞伴，朝上面大廳走去。

大夥兒成雙成對地旋轉著，跳起了法國牟涅舞；我依次和姑娘們跳，最討厭的偏偏最不肯放你走。後來，綠蒂和她的舞友跳起了英國鄉村舞；在輪到她來和我們交叉的那一剎那，你想想我心裡是如何美滋滋的喲。看她跳舞真叫大飽眼福！你瞧，她跳得那麼專心，那麼忘我，整個身體和諧至極。她無憂無慮地跳著，無拘無束地跳著，彷彿跳舞就是一切，除此便無所思、無所感似的；此刻，其他任何事物都在她眼前消失了。

我請她跳第二輪英國鄉村舞，她答應第三輪陪我跳，同時以世間最可愛的坦率態度對我說，她最愛跳德國華爾滋舞了。

「本地時興跳華爾滋舞時，原配伴當繼續一起跳，」她說：「只是我的 Chapeau（法語：舞伴）華爾滋跳得太糟，巴不得我免除他這個義務。您的小姐跳得也不好，又不喜歡跳；我從您剛才跳英國舞看出，您的華爾滋準不錯。要是您樂意陪我跳的話，那您就去請我的對手同意，我也找您的小姐說說。」

我一聽便握住她的手。這樣，我們便談妥了，在跳華爾滋舞時，由她的男舞伴陪著我的女舞友閒談。

喏，開始！我倆用各種方式挽著手臂，以此開心了好一會兒。瞧她跳得有多嫵媚，多輕盈啊！華爾滋舞開始了，一雙雙舞伴轉起圈兒來跟流星一般快，其實真正會的人很少，一開頭場上便有點亂糟糟的。我們很機靈，先讓那班笨蛋們蹦夠了，退了場，才跳到中間去，和另外一對兒也就是奧德蘭他們在一起，大顯起身手來。

我從沒跳得如此輕快過，簡直飄飄欲仙，手臂摟著個無比可愛的人兒，帶著她輕風似地飛旋，周圍的一切都沒有了，消失了……

威廉喲，憑良心說，我敢起誓，我寧可粉身碎骨，也絕不肯讓這個我愛的姑娘，我渴望佔有的姑娘，在和我跳過以後還去和任何人跳呵。你理解我麼！

我們在大廳中漫步了幾圈，為了喘口氣。隨後她坐下來，很高興地吃著我特意擺在一邊、如今已所剩不多的幾個橘子。這橘子可算幫了大忙。只是當她每遞一片給她鄰座的姑娘，這姑娘也老大不客氣地接過去吃起來時，我的心都像被刀刺了一下似的疼痛。

在跳第三輪英國鄉村舞時，我們是第二對。我倆跳著從隊列中間穿過，上帝知道我是多麼快活。我勾著她的胳膊，眼睛盯住她那洋溢著無比坦誠、無比純潔的歡愉的盈盈秋波，不知不覺間，我們跳到了一位夫人面前。她年紀雖已不輕，然而風韻猶存，因而引起過我的注意。只見她笑吟吟地瞅著綠蒂，舉起一個手指頭來像要發出警告似的，並在我們擦過她身旁時，意味深長地念了兩次阿爾伯特這個名字。

「誰是阿爾伯特？」我對綠蒂說：「我想冒昧問一下。」

她正待回答，我們卻不得不分開，以便作八字交叉。可是，在我和她擦身而過的瞬間，我恍惚看見在她額頭上泛起了疑雲。

「我有什麼不能告訴您呢？」她一邊伸過手來讓我牽著徐徐往前走，一邊說：「阿爾伯特是個好人，我與他可以說已經訂婚了。」

本來這對我並非新聞，姑娘們在路上已告訴過我了，可是經過剛才一會兒工夫，她對我變得已如此珍貴，此刻再聯繫著她來想這事，我就感到非同小可了。

總而言之，我心煩意亂，忘乎所以，竟竄進了別的對兒中，把整個隊列攪得七零八落，害得綠蒂費盡心力，又拉又拽，才恢復了秩序。舞會還沒完，天邊已經電光閃閃，隆隆的雷聲蓋過了音樂聲。閃電是我們早看見了的，可我一直解釋說，只不過天要轉涼罷了。

這當兒三個姑娘逃出了隊列，她們的舞伴尾隨其後，秩序便頓時大亂，伴奏也只好停止了。不消說，人在縱情歡樂之際突遭不測與驚嚇，那印象是比平時來得更加強烈的，因為，一方面，兩相對照，使人感覺更加鮮明，另一方面和更主要的，我們的感官本已處於激奮狀態，接受起印象來也更快，這就難怪好些姑娘一下子都嚇得臉變了色。

她們中最聰明的一個坐到屋角裡，背對窗戶，手捂耳朵；另一個跪在她眼前，腦袋埋在她懷中；第三個擠進她倆中間，摟著自己的女友，淚流滿面。有幾個要求回家；另一些則更加不知所措，連駕馭我們那些年輕趨奉者的心力都沒有了，只知道戰戰兢兢地祈禱上帝，結果小夥子們便放肆起來，全忙著用嘴去美麗的受難者唇邊代替上帝接受禱告。

有幾位先生偷閒到下邊抽煙去了，其餘的男女卻都贊成聰明的女主人的提議，進到了一間有百葉窗和窗幔的屋子裡。剛一進門，綠蒂便忙著把椅子排成一個圓圈，大夥兒應她的請求坐定了，她便開始講解做一種遊戲的要領。我瞅見有幾個小夥子已經尖起嘴唇，手舞足蹈，盼望著去領勝利者的厚賞了。

「喏，咱們玩數數遊戲，」綠蒂說：「注意！我在圈子裡從右向左走，同時你們就挨個兒報數，每人要念出輪到他的那個數字，而且要念得飛快，誰如果結巴或念錯了，就吃一記耳光，這麼一直念到一千。」

這一來才叫好看嘍！只見綠蒂伸出胳膊，在圈子裡走動起來。頭一個人開始數一，旁邊一個數二，再下一個數三，依次類推。隨後綠蒂越走越快，越走越快。這當兒有誰數錯了，「啪」！——一記耳光；旁邊的人忍俊不禁，「啪！」——又是一記耳光，速度更其加快了。

我本人也挨了兩下子，使我打心眼兒裡滿意的是，我相信我挨的這兩下子比她給其他人的還要重些。可不等數完一千，大夥兒已笑成一堆，再也玩不下去了。這時暴風雨業已過去，好朋友們便三三兩兩走到一邊，我便跟著綠蒂回到大廳。

半道兒上她對我說：「他們吃了耳光，倒把打雷下雨什麼的一股腦兒忘記啦！」我無言以對。

「我也是膽兒最小的一個，」她接著說：「可我鼓起勇氣來給別人壯膽，自己也就有膽量了。」

我們踱到一扇窗前。遠方傳來滾滾雷聲，春雨唰唰地抽打在泥地上，空氣中有一股撲鼻的芳香升騰起來，沁人心脾。

她胳膊肘支在窗臺上佇立著，目光凝視遠方，一會兒仰望蒼空，一會兒又瞅瞅我，我見她眼裡噙滿淚花，把手放在了我的手上。

「克羅卜斯托克呵！」她嘆道。

我頓時想到了此刻縈繞在她腦際的那首壯麗頌歌[14]，感情也因之澎湃洶湧起來。她僅僅用一個詞兒，便打開了我感情的閘門。我忍不住把頭俯在她手上，喜淚縱橫地吻著。隨後我又仰望她的眼睛。——高貴的詩人呵！你要是能看到你在這目光中變得有多神聖，就太好了；從今以後，我再不願從那班常常褻瀆你的人口裡，聽見你的名字。

14 克羅卜斯托克（Friedrich GottliebKlopstock，一七二四—一八〇三），歌德之前最傑出的德國抒情詩人。「壯麗頌歌」指他的《春祭傾歌》（Die Fruhlingsfeier，一七五九）。

六月十九日

前一次講到哪兒，我已不記得了；我只知道，我上床睡覺已是午夜兩點。要是我能當面和你聊聊，而不是寫信，我沒準兒會讓你一直坐到天亮的。

舞會歸來途中發生的情況，我還沒有講，今天也仍然不是講的時候。

那正是旭日東昇、壯麗無比的時刻，周圍的樹林掛滿露珠兒，田野一片青翠！我們的兩位女伴打起盹兒來。綠蒂問我，我是否也想像她倆似地迷糊一下，並說，我不用操心她。

「多會兒我看見這雙眼睛睜著，」我目不轉睛地望著她，道：「多會兒我就不會困倦。」

這樣，我倆便堅持到了她家的大門口。女僕輕輕地為她開了門，回答她的詢問說，父親和孩子們都好，眼下還全在睡覺。

臨別，我求她允許我當天再去看她，她也同意；過後我果然去了。自此，日月星辰盡可以安安靜靜地升起又落下，我卻再也分不清白天和黑夜，周圍的整個世界全給拋到了腦後。

六月廿一日

我過著極其幸福的日子，上帝能留給他那些聖徒們的日子想來也不過如此吧。不管我將來會怎樣，反正我不能再說，我沒有享受過歡樂，沒有享受過最純淨的生之樂趣。——你是瞭解我的，威廉；我在這兒已完全定居下來，此處離綠蒂家只有半小時路程，在這兒我才充分感覺到自身的存在以及作為一個人所能享有的全部幸福。

過去我也曾一次次地到瓦爾海姆散步，但何嘗想到它竟然離天國這麼近！我在做長距離漫遊的途中，有時從山頂上，有時從河對岸的平野裡，不是已無數次地眺望過如今珍藏著我的全部希望的獵莊麼！

親愛的威廉，對於人們心中那種想要自我擴張，想要發現新鮮事物，想要四處走走、見見世面的欲望，我曾經考慮得很多很多；後來，對於他們的逆來順受，循規蹈矩，對周圍任何事情都漠不關心的本能，我又作了種種思索。

真美啊，我能來到這兒的小丘上，眺望那道美麗的峽谷，那周圍的景物竟是如此地吸引著我。——那兒有一座小小的樹林，你要能到林蔭中去有多好！——那兒有一座高高的山峰，你要能從峰頂俯瞰遼闊的原野有多好！——那兒有連綿的丘陵，幽靜的溝壑，你要能徜徉其中，流連忘返有多好！

我匆匆趕去，去而復返，卻不曾找到我所希望的東西。呵，對遠方的希冀猶如對未來的憧憬！它像一個巨大的、朦朧的整體，靜靜地呈現在我們的靈魂面前，我們的感覺卻和我們的視覺一樣；在它裡邊也變得迷茫模糊了；但我們仍然渴望著，唉！渴望著獻出自己的整個生命，渴望著讓那惟一的偉大而奇妙的感情來充溢自己的心。——可見，當我們真的趕上去，當那兒成了這兒，當未來的一切仍一如既往，唉！我們就發現自己仍然平庸，仍然淺陋；我們的靈魂仍然焦渴難當，期盼著吸吮那已經流走了的甘霖。

這樣，浪跡天涯的遊子最終又會思戀故土，並在自己的茅屋內，在妻子的懷抱裡，在兒女們的簇擁下，在為維持生計的忙碌操勞中，找到他在廣大的世界上不曾尋得的歡樂。清晨，我隨日出而出，去到我的瓦爾海姆，在那兒的菜園中採摘豌豆莢，採夠了就坐在地上撕去莢兒上的筋，邊撕邊讀我的荷馬。回到廚下，我又挑選一隻鍋子，切下一塊奶油，把奶油和豆莢一塊兒倒進鍋中，把鍋燉在爐子上，蓋好蓋兒，自己坐在一旁，時不時地把鍋裡的豆莢攪兩下——這當兒，珀涅羅珀[15]那些高傲的求婚者們屠牛宰豬、剔骨烹肉的情景，便栩栩如生地讓我體驗到了。感謝上帝，古代宗法社會的特殊生活習俗竟如此自然地與我的生活交融在一起，這比什麼都更使我心中充滿了寧貼與踏實的感覺。

我真快活喲，我的心竟還能感受到一個人將自己種的蔬菜端上飯桌來時那種純真的歡樂；此刻擺在你面前的，可不僅僅是這麼棵捲心菜啊，那栽插秧苗的美麗清晨，那灑水澆灌的可愛黃昏，所有那些為它的不斷生長而滿懷欣喜的好時光，統統都在一瞬間讓你再次享受到了。

15 珀涅羅珀是荷馬史詩《奧德賽》中主人公俄底修斯的妻子，她美麗聰明，以計謀戰勝了無恥的追求者，一直等到丈夫歸來。

六月廿九日

前天，本地的大夫從城裡來到總管家，正碰上我和綠蒂的弟妹們一起蹲在地上玩。他們有的在我身上爬來爬去，有的對我進行挑逗，我便搔起他們的癢癢來，樂得小傢伙們大笑大嚷。

大夫是個木頭人似的老古板，一邊說話，一邊不住地整理袖口上的縐邊，把裡面的一個絲捲兒撥來撥去。我從他老先生的鼻子上看出來，他顯然認為像我這樣是有失一個聰明人的尊嚴的。我裝作沒有看見，任隨他去大發他那十分明智的議論，自己卻繼續幫孩子們搭被他們打垮了的紙牌房子。事後，他回到城裡去四處訴說：「總管的孩子們本來就夠沒教養的，這一來更讓維特給全毀了。」

是的，威廉，在這個世界上離我的心最近的是孩子們。每當我從旁觀察他們，從細小的事情中發現他們有朝一日所需要的種種品德與才能的萌芽，從他們今日的固執任性中看出將來的堅毅與剛強，從今日的頑皮放肆中看出將來的幽默樂觀以及輕鬆愉快地應付人世危難的本領，每當我發現這一切還絲毫未經敗壞，完整無損，我便一次一次地，反反覆覆地，吟味人類的導師[16]這句金言，「可嘆呀，你們要是不能變成小孩子的樣子！」然而他們，好朋友，這些我們的同類，這些本應被我們視為楷模的人，我們對待他們卻像奴隸，竟不允許他們有自己的意志！——我們難道沒有自己的意志嗎？我們憑什麼該享受這個特權呢？——因為我年長一些，懂事一些！——你天國中的仁慈上帝呵，你可是把人類僅僅分成年長的孩子和年幼的孩子的；至於你更喜歡哪一類孩子，你的聖子可已早有宣示呀。然而人們儘管信奉他，卻並不聽他的話——這也是個老問題！——因而都在照著自己的模樣教育自己的孩子……

再見，威廉！我不想再就這個問題空談下去。

16 指耶穌。事見《聖經・新約・馬太福音》第十八章：耶穌對門徒們說：「你們若不回轉，變成小孩子的樣子，斷不得進天國。」

七月一日

一個病人多麼需要綠蒂，我自己這顆可憐的心已經深有所感；它比起一個呻吟病榻者來，情況還更糟糕些。綠蒂要進城幾天，去陪一位生病的夫人；據醫生講，這位賢慧的夫人離死已經不遠，臨終時刻，她渴望綠蒂能待在自己身邊。

上個禮拜，我曾陪綠蒂去聖××看一位牧師；那是個小地方，要往山裡走一個小時，我們到達的時候已快下午四點了。

綠蒂帶著她的第二個妹妹。我們踏進院中長著兩株高大的胡桃樹的牧師住宅，這當兒，善良的老人正坐在房門口的一條長凳上，一見綠蒂便抖擻起精神，吃力地站起身，準備迎上前來，連他那樹節疤手杖也忘記使了。綠蒂趕忙跑過去，按他坐到凳子上，自己也挨著老人坐下，一次又一次地轉達父親對他的問候，還把他那老來得的寶貝么兒——一個骯髒淘氣的小男孩抱在懷中。

她如此地還就老人，把自己的嗓門提得高高的，好讓他那半聾的耳朵能聽明白她的話；她告訴他，有些年紀輕輕、身強力壯的人不知怎麼一下就死了；她稱讚老人明年去卡爾斯巴德的決定，說洗溫泉浴對身體大有好處；她聲稱，他比她上次見著時氣色好得多，精神健旺得多——如此等等。

威廉，你要能親眼目睹才好呢。這其間，我也有禮貌地問候了牧師太太。老爺子真是興致勃勃，我只忍不住誇讚他那兩株枝葉扶疏、濃蔭宜人的胡桃樹幾句，他便打開了話匣子，儘管口齒不靈，卻滔滔不絕地講述起這樹的歷史來。

「那株老樹是誰種的，」他說：「我們已不知道了，一些人講這個牧師，另一些人講那個牧師。可靠後邊這株年輕點的樹，它和我老伴一般大，今年十月就滿五十歲嘍。他父親早上栽好樹苗兒，傍晚她就下了地。他是我的前任，這株樹對他真有說不出的珍貴，而對我也一點兒不差。廿七年前，當時我還是個窮大學生，第一次踏進這座院子，就看見我妻子坐在樹蔭下的柵林上，手中做著編織活計……」

綠蒂問起他的女兒，他回答，和施密特先生一起到草地上看工人們幹活兒去了。說完，他又繼續講起自己的故事來：他的前任及其閨女如何相中了他，他如何先當老牧師的副手，後來又繼承了他的職位。故事不久就講完了，這當兒牧師的女兒正和那位施密特先生穿過花園走來。姑娘親親熱熱地對綠蒂表示歡迎；我必須說，她給我的印象不壞，是個體格健美、生氣勃勃的褐髮女郎，和她一起住在鄉下大概會很快樂。她的愛人呢（須知施密特先生是立刻就這樣自我介紹的），是個文雅然而卻沉默寡言的人，儘管綠蒂一再跟他搭腔，他卻不肯參加我們的談話。

最令我掃興的是，我從他表情中隱隱看出，他之不肯輕易開口，與其說是由於智力不足，倒不如說是由於性情執拗和乖僻。可惜後來這點是再清楚不過了；當散步中弗莉德里克和綠蒂偶爾也和我走在一起的時候，這位老兄那本來就黝黑的面孔更明顯地陰沉下來，使綠蒂不得不扯扯我的衣袖，暗示我別對弗莉德里克太殷勤。

我平生最討厭的莫過於人與人之間相互折磨了，尤其是生命力旺盛的青年，他們本該坦坦蕩蕩，樂樂呵呵，實際上卻常常板起面孔，把僅有的幾天好時光也彼此給糟蹋掉，等到日後省悟過來，卻已追悔莫及。我心頭不痛快；因此傍晚，我們走進牧師住的院子，坐在一張桌旁喝牛奶，當話題轉到人世間的歡樂與痛苦上來的當兒，我便忍不住搶過話頭，激烈地批評起某些人的乖僻來。

「我們人呵，」我開口道：「常常抱怨好日子如此少，壞日子如此多；依我想來，這種抱怨多半都沒有道理，只要我們總是心胸開闊，享受上帝每天賞賜給我們的歡樂，那麼，我們也會有足夠的力量承擔一旦到來的痛苦。」

「不過我們也無力完全控制自己的感情呀，」牧師太太說：「肉體的影響太大了，一個人要身體不舒服，他到哪兒也感到不對勁的！」

我承認她講得對，但繼續說：「那我們就把性情乖僻也看成一種疾病，並且問是不是有辦法治它呢？」

「這話不假，」綠蒂說：「我至少相信，我們自己的態度是很重要的。我有切身的體會：每當什麼事使我厭煩，使我生氣，我便跑出去，在花園裡來回走走，哼幾遍鄉村舞曲，這一來煩惱就全沒了。」

「這正是我想講的，」我接過話頭道：「乖僻就跟惰性一樣，要知道它本來就是一種惰性呵。我們生來都是有此惰性的，可是，只要我們能有一次鼓起勇氣克服了它，接下去便會順順當當，並在活動中獲得真正的愉快。」

弗莉德里克聽得入了神，年輕人卻反駁我說，人無法掌握自己，更甭提控制自己的感情。

「此地說的是令人不快的感情，」我回敬他，「這種感情可是人人樂於擺脫的哩；何況在不曾嘗試之前，誰也不知道自己的力量有多大。可不是嗎，誰生了病都會四處求醫，再多的禁忌，再苦的湯藥，他都不會拒絕，為的是得到所希望的健康。」——我發現誠實的老人也豎起耳朵，努力在聽我們談話，便提高嗓門，轉過臉去對著他接著往下講。——「教士們在佈道時譴責過那麼多種罪過，」我說：「我卻從來不曾聽到有誰從佈道壇上譴責過壞脾氣。[17]」

「這事得由城裡的牧師去做，」老人說：「鄉下人沒有壞脾氣。當然，偶爾在這兒講講也無妨，至少對村長先生和他夫人是有好處的。」

在場的人全笑了，他自己也笑得咳嗽起來，使談話中斷了好一陣。後來，是年

17 關於這個題目，我們聽拉瓦特爾〔註1〕神父做過一次出色的佈道，他順便還談到了《約拿書》〔註2〕。

〔註1〕拉瓦特爾（Johann Kaspar Laveter，一七四一——一八〇一），瑞士神學家和哲學家，歌德的好友。作者注指的是他題名為《克服不滿和乖僻之方法》的佈道文。

〔註2〕《約拿書》是基督教聖經《舊約》的一部分。

輕人又開了口：

「你稱乖僻是罪過，我想未免太過分吧。」

「一點不過分，」我回答，「既然害己又損人，就該稱作罪過，難道我們不能使彼此幸福還不夠，還必須相互奪去各人心中偶爾產生的一點點快樂麼？請您告訴我有哪一個人，他性子很壞，同時卻有本領藏而不露，僅僅自苦，而不破壞周圍人們的快樂呢！或者您能夠說，這壞脾氣不正表現了我們對自己的卑微的懊喪，表現了我們自己對自己的不滿，而且其中還摻雜著某種由愚蠢的虛榮刺激起來的嫉妒麼？要知道看見一些幸福的人而這些人的幸福又不仰賴於我們，是夠難受的呵。」

見我們爭得這麼激動，綠蒂衝我微微一笑；可弗莉德里克眼裡卻噙著淚水，使我講得更來勁了：「有種人利用自己對另一顆心的控制力，去破壞人家心裡自行產生的單純的快樂，這種人真可恨，要知道世間的所有禮物，所有的甜言蜜語，也補償不了我們頃刻間失去的快樂，補償不了被我們的暴君的嫉妒所破壞的快樂喲。」

說到此，我的心一下子整個充滿了感慨，往事一樁樁掠過腦際，熱淚湧進眼眶，不禁高呼起來：

「我們應該每天對自己講：你只能對朋友做一件事，即讓我們獲得快樂，使他們更加幸福，並同他們一起分享這幸福。當他們的靈魂受著憂愁的折磨，為苦悶所擾亂的時候，你能給他們以點滴的慰籍麼？

「臨了，一旦最可怕的疾病向那個被你葬送了青春年華的姑娘襲來，她奄奄一息地躺在床上，目光茫然地仰望天空，冷汗一顆一顆地滲出額頭，這時候，你就會像個受詛咒的罪人似的站在她床前，無能為力，一籌莫展，心中感到深深的恐懼與內疚，恨不得獻出自己的一切，以便給這個垂死的生命一點點力量，一星星勇氣。」

說著說著，我親身經歷過的這樣一個情景便猛然闖進我的記憶。我掏出手帕來捂住眼睛，離開了眾人，直到綠蒂來喚我說：「咱們走吧！」我才恍如大夢初醒。

歸途中，她責怪我對什麼事都太愛動感情，說照此下去我會毀了的，要我自己珍惜自己！——天使呵，為了你的緣故，我必須活下去！

七月六日

她仍然待在自己病危的女友身邊，始終如一地服侍著她，又細心又溫柔，單單讓她看上一眼，病人就會減少痛苦，變得幸福。昨天傍晚，她領著瑪莉安娜和瑪爾馨出外散步，我聽說後趕去追上了她，在一塊蹓躂了一個半小時，我們才轉身往城裡走，到了那眼對我十分珍貴的井泉邊。如今，它對我又增加了一千倍的價值。綠蒂在井垣上坐下來，我們站在她跟前。我環顧四周，啊，我的心十分孤寂的那段時間的景象，重又活在我眼前。

「親愛的井泉呀，」我說：「我好久沒來你這兒乘涼啦，有時匆匆走過你身旁，竟連看都不曾看你一眼！」

我往臺階下望去，卻見瑪爾馨小心翼翼地端著一杯泉水爬上來，——我凝視著綠蒂，心中感覺到了她對於我的全部價值，這當兒瑪爾馨端著水走近了，瑪莉安娜伸出手去想接。

「不，不！」小姑娘模樣兒甜甜地嚷道：「綠蒂姐姐，你得先喝！」

她說得如此天真、可愛，令我大為激動，以致一時不知如何表達自己的感情，竟從地上抱起小姑娘來死勁兒親了幾下，她馬上就又哭又鬧起來。

「瞧您闖禍囉。」綠蒂說。

我不知所措。

「過來，瑪爾馨，」她拉住小妹妹的手，領她走下臺階，繼續說：「快，快！快用清亮的泉水洗一洗。這樣就不要緊啦。」

我卻站在一旁，看著小姑娘急急忙忙地捧起水來擦洗自己的臉蛋兒，一副深信不疑的神氣，以為真的只有用這神奇的泉水一洗，臉上才不會長出丟人而醜陋的鬍鬚[18]。儘管綠蒂說洗夠了，小姑娘仍一個勁兒洗呀洗呀，彷彿多洗總比少洗好一些。

——告訴你，威廉，我還從來不曾懷著更深的虔敬參加過一次洗禮哩。

18 當時西方有一種迷信，認為處女被青年男子吻了，嘴上便會長出鬍鬚。

綠蒂上來以後，我真恨不得撲到她的腳邊，就像跪在某個用神力禳解了一個民族的孽債的先知跟前一樣。

晚上，我心裡太高興了，便忍不住把這件事講給一位我認為還算通達人情的男子聽，因為他人挺聰明的，誰料卻碰了一鼻子灰！他道，綠蒂的做法很欠妥，對小孩子可不能弄什麼玄虛；這樣一搞會滋長種種錯覺和迷信，而孩子卻必須從小就不讓他們受壞影響才是。——聽了他的話我才想起，此人是一個禮拜前才受的洗禮，因此不以為怪，只是在心中仍堅信這個真理：我們對待孩子們，也該像上帝對待我們一樣，當上帝讓我們沉醉在愉快的幻覺中的時候，他就是給了我們最大的幸福。

七月八日

我真是個孩子呵！我竟如此地看重那情眼之一瞥！我真正是個孩子！

我們去瓦爾海姆郊遊。姑娘們是乘車去的。後來在一塊兒散步時，我總覺得在綠蒂烏黑的眸子中帶著些……我是個傻瓜，原諒我吧！你真應該瞧瞧它們，瞧瞧她這雙眼睛！——我想寫簡單點，我睏得眼皮都快合攏了。

喏，姑娘們上了車，而我們——青年W·塞爾斯塔特以及奧德蘭和我，卻圍著馬車站在那裡。這當口，她們便從車簾中探出頭來，跟送別的人閒聊，小夥子們自然一個個都是夠快活的。我極力捕捉綠蒂的目光，唉，它們卻望望這個，又瞅瞅那個！看著我呀！看著我呀！看著我呀！我把整個身心全貫注於你們，你們幹嘛還逃避我喲！——我的心對她道了千百次再見，可她卻連瞅也不瞅我！

馬車開過去了，我眼中噙著淚水。我目送著她，在車門旁看見了她的帽子，呵，她轉過頭來了！是在看我麼？

好朋友啊，我的心至今仍七上八下，懷著這個疑問。惟一的安慰是，她回過頭來也許是看我吧！也許！……

晚安！呵，我真是個孩子！

七月十日

每當在聚會中聽見人家談起她，我便會變得傻癡癡的，那模樣你要能看見就好了！特別是有誰問我「喜不喜歡她」的時候！——「喜歡」！這個詞兒簡直讓我給恨死了。一個人要不是全部知覺、全部感情都充滿對她的傾慕，而僅僅是喜歡她，這還成個什麼人呢？哼，「喜歡」！最近又有誰問我「喜不喜歡莪相[19]」！

19 莪相相傳為愛爾蘭蓋爾人古歌者。一七六二至一七六三年間，蘇格蘭詩人麥克菲生（James Mecpherson，一七三六—一七九六）發表了兩組假稱是「莪相的歌」的「英譯」，一時風行於世。歌德一度也被迷惑，並譯過「莪相的歌」。

七月十一日

M夫人已危在旦夕。我為她的生命祈禱；因為綠蒂心裡難過，我也同樣難過。我很少到M夫人處去看綠蒂；今天她卻給我講了一樁很奇特的事情：

M這個老頭子是個刮皮到了家的吝嗇鬼，一輩子把自己的老婆折磨和剋扣得夠嗆，可她卻偏偏有辦法對付過來。幾天前，醫生斷定她已活不久了，她便讓人找來她的丈夫（綠蒂也在房裡），對他講：

「我必須向你交代一件事，不然，我死以後，家裡會出亂子麻煩的。我操持家務直到今天，凡事都儘量做到井井有條，能節省就節省。可是，你要原諒我，我這三十年一直欺騙你。我們剛結婚時，你規定了一個小小的數目，作為伙食和其他家用。但到後來，家大業大，花銷多了，你卻死也不肯相應增加每週的開支。簡單講，你自己也明白，在那些花費最大的時期，你卻要求我每週只支用七個古爾盾。

我接過這點錢來也總沒吭聲，不足部分就只好去櫃上拿，因為誰想得到，身為太太竟會做小偷呢。我絲毫不曾浪費，就算不向你承認這些，也盡可以心安理得地閉上眼睛；可是在我之後來管這份家的那個女人，她卻沒辦法對付呵。而你到時候卻會一口咬定，你的前妻都是這麼撐過來的。」

我和綠蒂談到人心的虛妄真是到了難以置信的程度，明明看見花銷大了一倍，卻偏偏只給七個古爾盾而心安理得，全不想到這後面必定另有隱情。

此外，我自己還認識一些人，他們會把先知的寶油瓶毫不驚奇地接回家去供起來。[20]

20 事見《聖經‧舊約‧列王記》上第十七章：先知以利亞求一寡婦用油為他煎餅，他和她家人一連吃了許多天，瓶裡的油一點不減。

七月十三日

不，我不是自己欺騙自己！我在她那烏黑的眼睛裡，的的確確看到了對我和我的命運的同情。是的，這是我心中的感覺；然而，在這一點上，我可以相信我的心不會錯……我感覺：她……呵，我可以，我能夠用這句話來表達自己的無上幸福麼？——這句話就是：她愛我！

她愛我！——而我對於自己也變得多麼可貴了呵，我是多麼——這話我可以告訴你，因為你能夠理解它——多麼崇拜自己了呵，自從她愛我！

也不知是自己想入非非，還是對情況的正確感覺？那個使我為自己在綠蒂心中的地位擔心的人，我不瞭解。可是，儘管如此，每當她談起自己的未婚夫來，談得那麼溫柔，那麼親切，我心中就頹唐得如一個喪失了所有榮譽與尊嚴的人，連手中自衛的寶劍也被奪去了。

七月十六日

每當我的指尖無意間觸著她的手指，每當我倆的腳在桌子底下相互碰著，呵，我的血液立刻加快了流動！我避之惟恐不及，就像碰著了火似的。可是，一種神秘的力量又在吸引我過去……我真是心醉神迷了！

可她卻那麼天真無邪，心懷坦蕩，全感覺不到這些親密的小動作帶給我多少痛苦！尤其當她在談心時，把自己的手撫在我的手上，談高興了更把頭靠近我，使我的嘴唇感覺到了從她口裡送來的天香，此刻，我真像是讓閃電給擊中了，身子直往下沉，腳下輕飄飄地完全失去了依託……！威廉啊，要是我啥時候能冒險登一登天堂，大膽地去……你理解我指什麼。不，我的心還沒有這麼壞！它只是軟弱，很軟弱罷了！而軟弱還並非壞吧？

她是聖潔的。一切欲念在她面前都會沉默無言。每當我和她在一起的時候，我都不知道自己的心境如何，彷彿所有的神經和官能都錯亂顛倒了。——她喜歡一支曲子，常常在鋼琴上彈奏它，彈得如天使一般動人，單純，富於情感！這是她心愛的曲子，每次只要她彈出第一個音符，我的一切痛苦、煩惱和古怪念頭便煙消雲散。

這支單純的曲子令我大為感動，任何關於音樂的古老魅力的說法，在我聽來都不再不可信了。而且，每每在我恨不得用子彈射穿自己腦袋的時候，她都彈起這支曲子來，我心中的迷茫黑暗頓時消散，呼吸重新又自如了。

七月十八日

威廉，你想想這世界要是沒有愛情，它在我們心中還會有什麼意義！這就如一盞沒有亮光的走馬燈[21]！可是一旦放進亮光去，白壁上便會映出五彩繽紛的圖像，儘管只是些稍縱即逝的影子；但只要我們能像孩子似地為這種奇妙的現象所迷醉，它也足以造就咱們的幸福呵。

今天我不能去看綠蒂，有一個免不掉的聚會拖住了我。怎麼辦？我派了我的傭人去，僅僅為了自己身邊有一個今天接近過她的人。我急不可耐地等著傭人回來，一見到他就有說不出的高興！要不是害臊，真恨不得捧住他的腦袋親一親！人們常講電光石的故事，說它放在太陽地裡便會吸收陽光，到了夜間仍舊亮華華的。這小

21 Zauberlaterne，本來指的是一種原始的幻燈。

夥子對於我也就如電光石。我感到，她的目光曾在他臉上、面頰上、上衣鈕扣以及外套的縐領上停留過，這一切因此對我也變得十分神聖、十分珍貴了！此刻，就是給一千銀塔勒，我都不肯把這小夥子讓給誰的。有他在跟前，我心裡舒暢。——上帝保佑，你可別笑我啊。威廉，難道令我心中舒暢的東西，還會是幻影麼？

七月十九日

「我將要見到她啦！」

清晨我醒來，望著東升的旭日，興高采烈地喊道：「我將要見到她啦！」

除此我別無希求；一切的一切，全融會在這個期待中了。

七月二十日

你勸我跟公使到×地去的想法，我還不打算同意。我不大喜歡聽人差遣，加之此公又是位眾所周知的討厭的人。

你信上說，我母親希望看見我有所作為。這使我感到好笑。難道我眼下不也是在做事麼？歸根到底，不管我是摘豌豆還是摘扁豆，不也一樣麼？世界上的一切事情，說穿了全都無聊。一個人要是沒有熱情，沒有需要，僅僅為了他人的緣故去逐利追名，苦苦折騰，這個人便是傻瓜。

七月廿四日

你那麼擔心，生怕我把畫畫給荒疏了，我本想壓根兒不提此事，免得告訴你說，近來我很少畫畫。

我從來還不曾如此幸福過；我對自然的感受，哪怕小到一塊石頭，一根青草，也從來還不曾這麼充實，這麼親切過。可是——我不知如何表達自己的意思才好——我的想像力卻這麼微弱，一切在我心裡都游移不定，搖搖晃晃，我簡直抓不住任何輪廓。不過我仍自信，我要是手頭有黏土或者蠟泥，我也會塑造出點什麼來的。要是黏土保存得更久，我就取黏土來捏，即使捏出些餅子也好。

綠蒂的肖像我已畫過三次，三次都出了醜。這事令我極為懊惱，尤其因為我前些時候一直很成功。後來我就畫了一張她的剪影像聊以自慰。

七月廿五日

好的，親愛的綠蒂，我將一切照辦，一切辦妥；你只管多多給我任務吧，常常給我任務吧！可有件事我求求你，以後千萬別再往你寫給我的字條上撒沙子[22]。今天我一接著它就送到嘴上去吻，結果弄得牙齒裡全嘎吱嘎吱的。

22往信上撒沙子是為了使墨蹟快一些乾。

七月廿六日

我已經下過幾次決心，不要經常去看她。是啊，可誰又能做得到呢！日復一日，我都屈服於誘惑，同時又對自己許下神聖的諾言：明天說什麼也不去啦。

可明天一到，我總又找得出一條無法辯駁的理由，眼一眨又到了她身邊。這理由要麼是她昨晚講過：「你明天還來，對嗎？」──而誰又能不來呢！──要麼是她托我辦件事，我覺得理應親自去給她回個話；要麼是天氣實在太好，我到瓦爾海姆去，而一到瓦爾海姆，離她不就只有半小時的路程了嗎！──周圍的氣氛，使我感覺她近在咫尺，於是一抬腿，便到了她跟前！

記得我祖母曾講過一個磁石山的故事，說的是海上有一座磁石山，船行太近了，所有鐵器如釘子什麼的便會一下子被吸出來，飛到山上去；倒楣的船夫也就從分崩離析的船板中掉下去，慘遭沒頂。

七月三十日

阿爾伯特已經回來，而我就要走了。儘管他是一位十分善良、十分高尚的人，儘管我在任何方面都準備對他甘拜下風，可眼睜睜看著他佔有那麼多完美的珍寶，我仍然受不了！——佔有！——一句話，威廉，未婚夫回來啦！倒是個令你不能不產生好感的能幹而和藹的男子。幸好接他那會兒我不在，不然我的心會被撕碎了的！阿爾伯特也真夠正派，當著我的面從來沒有吻過綠蒂。

上帝獎勵他吧！為了他對姑娘的尊重，我不能不愛他。他對我也很友善，我猜想這更多出於綠蒂的調弄，他的本心則少一些。要曉得女士們都精於此道，而且也自有她們的道理；只要她們有本事使兩個崇拜者和睦相處，那麼好處總歸是她們的，儘管要做到絕非容易。

話雖如此，我仍不能不對阿爾伯特懷著敬重。他那冷靜的外表，與我不安的個性形成鮮明的對照，而這不安我怎麼也掩飾不了。他感覺敏銳，深知綠蒂多麼可愛。看起來他沒有什麼壞脾氣，而你知道，我是最恨人身上的脾氣不好這種罪惡的。

他認為我是個有頭腦的人，我對綠蒂的傾慕，對她一言一行的讚美，都只增加了他的得意，使他反倒更加愛她。他是否偶爾也對她發發醋勁兒，我暫且不問，至少我要是他，就難保完全不受嫉妒這個魔鬼的誘惑。

不管怎麼講吧，我在綠蒂身邊的快樂反正是吹啦！我不知該叫這是愚蠢呢，還是頭腦發昏？——名稱又有何用，事實就是事實！——現在我知道的一切，在阿爾伯特回來之前我就知道了。我知道，我沒權要求綠蒂什麼，也不曾要求什麼。這就是說，儘管她那麼迷人，我也竭力使自己不產生欲望。可而今另一個人真的到來，奪走了姑娘，我卻傻了眼。

我咬緊牙關，兩倍三倍地更加鄙視某些個可能說我應該自行退出的人；他們會講，別無他法了嘛。——讓這些廢物見鬼去吧！——我成天在林子裡亂跑一氣。每當去到綠蒂那兒，發現阿爾伯特和她一起坐在園子裡的涼亭中，我就腳下生了根，模樣變得傻不愣登，說起話來語無倫次。

「看在上帝分上，」綠蒂今天對我說：「我求你行行好，別再像昨兒傍晚似地作戲行不行！您那副可笑的樣子真要命。」

坦白說，我一瞅見阿爾伯特不在，忽地一下就跑了去。一當發現只有她一個人，我的心啊，總是樂滋滋的。

八月八日

我請你原諒，親愛的威廉！我把那些要求我們服從不可抗拒的命運的人罵作廢物，的的確確並非指你。我實在沒有想到，你也會有類似想法。當然，從根本上講，你是對的。不過，好朋友，世上的事情很少能要麼乾脆這樣，要麼乾脆那樣。人的感情和行為千差萬別，正如在鷹鉤鼻子與塌鼻子之間，還可能有各式各樣別的鼻子。

你別見怪：我承認你的整個論點，卻又企圖從「要麼這樣——要麼那樣」這個空子中間鑽過去。

你說什麼，「要麼你有希望得到綠蒂，要麼根本沒有。好啦，如果是第一種情況，你就努力實現它，努力滿足自己的願望；否則，你就振作起來，擺脫那該死的感情，要不然它一定會把你的全部精力都吞掉。」——好朋友，說得動聽！說得容易！

可是，對於一個受著慢性病摧殘而一步一步走向死亡的人，難道你能要求他拿起刀來，一下子結束自己的痛苦麼？病魔在耗盡他精力的同時，不也摧毀了他自我解脫的勇氣麼？

當然，你滿可以用下面這個貼切的比喻來反駁我：誰不寧願犧牲自己的一條胳膊，而是遲疑猶豫，甘冒丟掉生命的危險呢？

叫我怎麼說好呢？——還是讓我們別用這些比喻來傷彼此的腦筋吧。夠了。

是的，威廉，我間或也在一瞬間有過振作起來、擺脫一切的勇氣，然而……要是我知道往哪兒去的話，我早就走了！

傍晚

我的日記本好些時候以來給丟在一邊，今天又讓我無意間翻了開來。我很詫異，我竟是這樣睜著眼睛一步一步地陷進了眼前的尷尬境地！我對自己的處境一直看得清清楚楚，可行動卻像個小孩子似的；現在也仍然看得十分清楚，但就是沒有絲毫悔改之意。

八月十日

我若不是個傻瓜，本可以過最幸福、最美滿的生活，像我目前所處的這樣一個令人心曠神怡的環境，是很不容易湊齊的。

是啊，常言道得好：人之幸福，全在於心之幸福。我是這個和睦家庭中的一員，老人愛我如兒子，孩子們愛我如父親，而且還有綠蒂！

就說誠懇的阿爾伯特吧，他也不以任何乖癖來破壞我的幸福，而是以其親切友善來擁抱我，對於他說來，除去綠蒂，我就是世界上最親愛的人了。——威廉，你聽聽我倆散步時是怎樣談綠蒂的吧，這會叫你愉快的。在世間，恐怕找不出比我們這種關係更可笑的了，然而我卻常常被它感動得熱淚盈眶。

阿爾伯特曾對我講綠蒂可敬的母親，講她臨終前如何把自己的家和孩子們託付給了綠蒂，如何又叮囑他對綠蒂加以關照；講到自那以後，綠蒂如何完全變成了另一個人，兢兢業業執掌家務，對孩子們愛護備至，無時無刻不在為他們操勞，儼然是一位母親；但儘管如此，又從來未改活潑愉快的天性。我和阿爾伯特並肩走著，不時地彎下腰去採摘路旁的鮮花，用它們精心紮成一個花環，然後——我把花環拋進了從面前流過的溪水裡，目送著它緩緩向下游漂去……

我記不清有沒有告訴你，阿爾伯特將留下來在此間的侯爵府中獲得一個待遇優厚的差事，侯爵府上的人很器重他。像他這樣辦事精細勤謹的人，我見得不多。

八月十二日

的確，阿爾伯特是天底下最好的人。昨天，在我和他之間發生過一樁不尋常的事。我去向他告別，因為我突然心血來潮，想騎馬到山裡去，而眼下我便是從山裡給你寫信的。我在他房中來回踱著，目光偶然落在了他的手槍上。

「把手槍借給我旅途中用用吧。」我說。

「好的，」他回答，「要是你不怕麻煩，肯自己裝裝彈藥的話，它們掛在那兒只是Pro forma[23]罷了。」

我從牆上摘下一支槍，他這時繼續說道：

「我自從粗心大意，出過一回岔子，就不願再和這玩意兒打交道了。」

23拉丁文：形式上，做做樣子。

我頗好奇，急於想知道是怎麼回事，他就又講：

「大約三個月以前，我住在鄉下一位朋友家裡，房中有幾支小手槍，沒裝藥，晚上我也睡得安安穩穩的。在一個下雨的午後，我坐著沒事幹，不知怎麼竟想到我們可能遭到壞人襲擊，可能需要用手槍，可能……這樣的事你是知道的。我於是把槍交給一名下人，叫他去擦拭和裝藥。這小子卻拿去和使女們鬧著玩兒，嚇唬她們，卻不知扳機怎麼一弄就滑了，而通條又還在槍膛裡，結果一下子飛出來，射中了一名使女的右手，把她的大拇指戳得稀爛。這一來我不僅挨抱怨，而且還得付醫藥費，從此我所有的槍都不再裝藥了。好朋友，小心謹慎又有什麼用？危險並非全都可以預料啊！雖然……」

你知道，我喜歡這個人，除去他的「雖然」。不錯，任何常理都容許有例外，可是他卻太四平八穩！一當覺得自己言辭過激、有失中庸或不夠精確，他就會一個勁兒地對你進行修正、限定、補充和刪除，弄得到頭來什麼意思也不剩。眼下阿爾伯特正是越講話越長，臨了我根本沒有再聽他講些什麼，而是產生了一些怪念頭，動作誇張地舉起手槍來，用槍口對準自己右眼上方的太陽穴。

「呸！」阿爾伯特叫起來，奪去了我手中的槍，「你這是幹嘛呀？」

「沒裝藥哩。」我回答。

「就算沒裝藥也不該胡鬧！」他不耐煩地說：「我真不能想像，一個人怎麼會愚蠢到去自殺，單單這樣想都令我反感。」

「你們這些人呵！」我提高嗓門道：「你們一談什麼都非得立刻講：這是愚蠢的！這是明智的！這是好的！這是壞的！——這一切又意味著什麼呢？為此你們弄清了一個行為的內情嗎？探究過它何以發生，以及為什麼必然發生的種種原因嗎？你們要這樣做過，就不會匆匆忙忙地下斷語了。」

「可你得承認，」阿爾伯特說：「某些行為無論如何都是罪過，不管它出於什麼動機。」

我聳了聳肩，承認他有道理。

「可是，親愛的，」我又說：「這兒也有一些例外。不錯，偷盜是一種罪行；然而，一個人為使自己和自己的親人不致眼睜睜餓死而偷盜，這個人是值得同情呢，還是該受懲罰呢？一位丈夫出於義憤，殺死了不貞的妻子和卑鄙的姦夫，誰還會第一個撿起石頭來砸他嗎[24]？還有那個在幽會的歡樂中一時控制不住自己而失身的姑娘，誰又會譴責她呢？我們的法學家們都是些冷血的老古板，可就連他們也會被感動，因而不給予懲罰的。」

「這完全是另一碼事，」阿爾伯特反駁說：「因為一個受熱情驅使而失去思考力的人，人家只當他是醉漢，是瘋子罷了。」

「嗨，你們這些明智的人啊！」我微笑著叫道：「熱情！迷醉！瘋狂！你們如此冷眼旁觀，無動於衷，你們真是些好樣的道學先生！你們嘲罵酒徒，厭惡瘋子，像那個祭師[25]一般從他們身邊走過，像那個法利賽人[26]似地感謝上帝，感謝他不曾把你們造成一名酒徒，一個瘋子。可我呢，卻不止一次迷醉過，我的熱情從來都是離瘋狂不遠的；但這兩點都不使我後悔，因為我憑自己的經驗認識到：一切傑出的人，一切能完成偉大的、看似不可能的事業的人，他們從來總是給世人罵成酒鬼和瘋子

24 古代中東有以石頭投擲淫婦的習俗。此處意即譴責。
25 祭師指見死不救的假善人，典出《新約・路加福音》第十章。
26 法利賽人指偽君子，典出《新約・路加福音》第十八章。

的。甚至在日常生活中也一樣，只要誰的言行自由一些，清高一些，超乎一般人的想像，你就會聽見人家在他背後叫：『這傢伙喝多了！這傢伙是個傻瓜！』——真叫人受不了。真可恥，你們這些清醒的人！真可恥，你們這些智者！」

「瞧你又胡思亂想開了，」阿爾伯特說：「你這人總是愛偏激，這回竟把我們談的自殺扯到偉大事業上去，至少肯定是錯了；因為自殺怎麼也只能被看作軟弱，與堅定地忍受充滿痛苦的人生相比，死顯然輕鬆得多了。」

我已經打算終止談話，要知道我講的都是肺腑之言，他卻用陳詞濫調來進行反駁，真令我再生氣不過。可是，這種話我聽得多，氣生得更多，所以仍能控制自己，興致勃勃地反問他道：

「你稱自殺為軟弱？可我請你別讓表面現象迷惑了啊。一個在暴君殘酷壓迫下呻吟的民族，他們終於奮起掙斷枷鎖，能說是軟弱麼？一個人面臨自己的家被大火吞沒的危險，鼓起勁來扛走他在冷靜時根本搬不動的重物；一個人在受辱後的狂怒中，竟和六個人交起手來，並且戰勝了對方，這樣的人能稱為軟弱麼？還有，好朋友，既然奮發可以成為剛強，幹嘛亢奮就是它的反面呢？」

阿爾伯特凝視著我，說：

「你別見怪，你舉的這些個例子，在我看來根本文不對題。」

「可能是吧，」我說：「人家也曾常常責備我，說我的聯想和推理方式近乎古怪。好，那就讓我們看能不能以另一種方式，想像一個決定拋棄人生的擔子的人——這個擔子在通常情況下應該是愉快的——他的心情會怎樣。要知道，只有我們有了同樣的感受，我們才具備資格談一件事情。」

「人生來都有其局限，」我繼續說：「他們能經受樂、苦、痛到一定的限度；一過這個限度，他們就完啦。這兒的問題不是剛強或者軟弱；而是他們能否忍受痛苦超過一定的限度。儘管可能有精神上的痛苦和肉體上的痛苦之別，但是，正如我們不應該稱一個患寒熱病死去的人為膽小鬼一樣，也很難稱自殺者是懦夫。」

「荒唐，十分荒唐！」阿爾伯特嚷起來。

「才不像你想的那麼荒唐哩，」我回答說：「你也該承認，當一種疾病嚴重損害我們的健康，使我們的精力一部分消耗掉了，一部分失去了作用，沒有任何奇蹟能再使我們恢復健康，重新進入日常生活的軌道，這樣的疾病便被我們稱為『死症』。

「喏，親愛的，讓我們把這種推理用到精神方面，來瞧一瞧人的局限吧。一個人受到各種外界影響，便會產生固定的想法，到最後有增無減的狂熱奪去了他冷靜的思考力，以至於毀了他。

「一位清醒的明智的人可能對這個不幸者的處境一目了然，可能去勸他，但是白費力氣。這正如一個站在病榻前的健康人，他絲毫不能把自己的生命力輸送進病人的體內一樣。」

阿爾伯特覺得這種說法仍太空泛，我便讓他想想前不久從水塘中撈起來那個淹死了的少女，又對他講了一遍她的故事：

「一個可愛的姑娘，生長在家庭的狹小圈子裡，一禮拜接一禮拜地做著同樣的家務，惟一的樂趣就是禮拜天用漸漸湊齊的一套好衣服穿戴打扮起來，和女伴一塊兒出城去蹓躂蹓躂，逢年過節也許還跳跳舞，要不就再和某個鄰居聊聊閒天，諸如誰跟誰為什麼吵架啦，誰為什麼又講誰的壞話啦，如此等等，常常談得專注而熱烈，一談就是幾個鐘頭。

「可是後來，她火熱的天性終於感到了一些更深刻的需要，而一經男子們來獻殷勤，這些需要便更加熱烈，從前的樂事已漸漸使她興味索然，臨了，她到底碰著一個人，某種從未經歷過的感情不可抗拒地把她吸引到了此人身邊，使她將自己的全部希望都寄託在他身上，以致忘記自己周圍的一切，除了他，除了這惟一一個人，她什麼也聽不見，什麼也看不見，什麼也感覺不到，她所思所想的就只有他，只有這惟一一個人。

「她不為朝三暮四地賣弄風情的虛假歡樂所迷惑，一心一意追求著自己的目標，執意要成為他的妻子，在與他永結同心之中求得自己所缺少的幸福，享受自己所嚮往的全部歡樂。反覆的許諾使她深信所有希望一定會實現，大膽的愛撫和親吻增加了本已充滿她心中的欲望。她模模糊糊地意識到了全部的歡樂，預感到了全部的歡樂，身子於是飄飄然起來，心情緊張到了極點。

「終於，她伸出雙臂去準備擁抱自己所渴望的一切。——可她的愛人卻拋棄了她！她四肢麻木，神智迷亂，站立在深淵邊上；她周圍是一片漆黑，沒有了希望，沒有了安慰，沒有了預感！要知道，他拋棄了她，那個惟一使她感覺到自己的存在意義的人拋棄了她。她看不見眼前的廣大世界，看不見那許許多多可以彌補她這個損失的人；她感到自己在世上孤孤單單，無依無靠。被內心的可怕痛苦逼得走投無路了，她惟有閉起眼來往下一跳，以便在死神的懷抱裡窒息掉所有的痛苦。——你瞧。阿爾伯特，這就是不少人的遭遇！難道能說，這不也是一種疾病麼？在這混亂的、相互矛盾的力的迷津中，大自然也找不到出路，人就惟有一死。

「罪過啊，那種冷眼旁觀，並且稱她為傻瓜的人！這種人可能講什麼：她應該等一等，讓時間來治好她的創傷，日子一久絕望定會消失，定會有另一個男子來給她以安慰。——可是，這不正像誰說：『傻瓜，竟死於寒熱病！他應該等一等，一旦力量恢復，液體改善[27]，血液循環平穩下來，一切都好了，他就能活到今天！』」

阿爾伯特還是不覺得這個例子有說服力，又提出幾點異議，其中一點是：我講的只是個單純的女孩子，可要是一個人眼光不這麼狹隘，見多識廣，頭腦清楚，那他就不理解這個人怎麼還能原諒。

「我的朋友，」我嚷起來，「人畢竟是人呵！一當他激情澎湃，受到了人類的

27 在近代醫學發達以前，歐洲人認為生病的原因是身體中的液體變壞了。

局限的壓迫，他所可能有的一點點理智便很難起作用，或者說根本不起作用，況且……以後再談吧。」

我說著，一邊就抓起了自己的帽子。唉，我當時的心裡真是充滿了感慨！我和阿爾伯特分了手，但誰也沒能理解誰。在這個世界上，人跟人真難於相互理解啊。

八月十五日

顯然，在世界上，只有愛才能使一個人變得不可缺少。我從綠蒂的情況感覺出，她非常不願失去我；孩子們心中更是只有一個想法，就是我明天一定還會去。今天我去為綠蒂的鋼琴校音，但老動不了手，因為小傢伙們一個勁兒地纏著我，要我給他們講故事，而綠蒂自己也說，我應該滿足他們的願望。

晚餐時，我給他們切麵包，他們都高高興興地接過去吃起來，就像從綠蒂手中接過去的一樣。然後，我給他們講了那個得到一雙神奇的手幫助的公主的故事，這是他們最愛聽的。在講的過程中，請你相信，我學到了許多東西。我感到驚訝，這個故事竟給他們留下了如此深刻的印象。因為每當我把一個細節忘記了，不得不自行編湊時，他們立刻就嚷起來：上次講的可不是這樣呵！弄得我現在只好反覆練習，直至能一字不差地用唱歌的調子進行背誦。

從這件事我得到一個教訓：一位作家把書中的情節修改再版，即使藝術上出色得多了，都必然會給作品帶來損害。我們總樂於接受第一個印象；人生來如此，即使是荒誕離奇的事，你都能叫他信以為真，並且一下子便記得牢牢的；而誰想去挖掉這個記憶，抹去這個記憶，誰就自討苦吃！

八月十八日

能使我幸福的東西，同時又可以變成他痛苦的根源，難道就非得如此麼？

對於生機勃勃的自然界，我心中曾有過強烈而熾熱的感受，是它，曾使我歡欣雀躍，把我周圍的世界變成了一個天國；可而今，它卻殘忍地折磨著我，成了一個四處追逐我的暴虐的鬼魅。

想當初，我曾從高崖上眺望河對岸那些丘陵間的富庶峽谷，看見面前的一切都生意盎然，欣欣向榮。我曾看見群山從山腳到峰頂都長滿高大茂密的樹木，迂迴曲折的峽谷都覆蓋著可愛的綠蔭，河水從發出絮語的蘆葦間緩緩流去，輕柔的晚風吹動著天空中冉冉飄過的白雲，白雲在河裡投下倒影；接著，群鳥在林間發出晚噪，億萬隻小昆蟲在火紅的夕暉中縱情舞蹈，落日的最後一瞥解放了草叢裡的蟋蟀，牠們唱起了歌；我周圍的嗡嗡嚶嚶聲使我低下頭去看著地上，注意到了從堅硬的岩石裡攝取養料的苔蘚，以及由乾燥的沙丘上蔓生垂掛下來的藤蘿，它們向我揭示了大自然內在的、熾烈而神聖的生命之謎。

這一切的一切，我全包容在自己溫暖的心裡，感到自己像變成了神似的充實，遼闊無邊的世界的種種美姿也活躍在我的心靈中，賦予一切生機。

環抱著我的是巍峨的群山，我腳邊躺著道道幽谷，一掛掛瀑布飛瀉而下，一條條小溪流水潺潺，樹林和深山裡百鳥聲喧——這種種秘不可知的力量，我目睹它們在大地的懷抱中相互作用，相互影響；除此而外，在地球上，天空下，還一代一代繁衍著形形色色的生命。一切一切，應有盡有，千姿百態，最後還有人，他們為求安全而聚居在小小的房子裡，卻自以為能主宰這大千世界！

可憐的傻瓜，你把一切都看得如此渺小，因為你自己就很渺小！——從高不可攀的群山，越過人跡未至的莽原，到世所不知的大洋的盡頭，到處都有造物主的精神在空中流動，並為每一丁點能感知他的微末的生命而高興。——唉，那時我是多麼經常地渴望著，渴望借助從我頭頂掠過的仙鶴的翅膀，飛向茫茫海洋的岸邊，從那泡沫翻騰的無窮盡的酒杯中，啜飲令人心醉神迷的生之歡愉，竭盡自己胸中有限的力量，感受一下那位在自己體內和通過自己創造出天地萬物的偉大存在的幸福，哪怕僅僅在一瞬間！

朋友，單單回憶起過去的這些時光，我心中便很快樂；甚至想，重新喚起和說出這些無法言說的感情的努力，便淨化了我的靈魂；但是，接下來，也使我倍加感到自己目前處境的可怕。彷彿有一面帷幕從我面前拉開了，廣大的世界變成了一座張開著大口的墓穴。你能說「這存在著」嗎！

唉，一切都在消失，一切都像閃電般一晃而逝，要麼被洪流捲走、沉沒，要麼在礁石上撞得粉碎，很難真正耗盡各自的生命力。沒有一個瞬間，不是在吞噬著你和你周圍的親人的生命；沒有一個瞬間，你不是一個破壞者，不得不是一個破壞者；一次最無害的散步，將奪走千百個可憐的小蟲子的生命；一投足，就會毀壞螞蟻們辛辛苦苦營建起來的巢穴，把一個小小的世界踏成一片墳墓。

嗨！使我痛苦的，不是世界上那些巨大但不常有的災難，不是沖毀你們村莊的洪水，不是吞沒你們城市的地震；戕害我心靈的，是大自然內部潛藏著的破壞力，這種力量所造就的一切，無不在損害著與它相鄰的事物，無不在損害著自身。想到此，我憂心如焚。環繞著我的是天和地以及它們創造生命的力量；但在我眼中，卻只有一個永遠不停地在吞噬和反芻的龐然大物而已。

八月廿一日

清晨，我從睡夢中醒來，伸出雙臂去擁抱她，結果抱了一個空。夜裡，我做了一場夢。夢見我與她肩靠肩坐在草地上，手握著手，千百次地親吻；可這幸福而無邪的夢卻欺騙了我，我在床上找她不著。

唉，我在半醒半睡的迷糊狀態中伸出手去四處摸索，摸著摸著終於完全清醒了，兩股熱淚就從緊迫的心中迸出，我面對著黑暗的未來，絕望地痛哭。

八月廿二日

多不幸啊，威廉，我渾身充滿活力，卻偏偏無所事事，閒得心煩，既不能什麼都不幹，又什麼都不能幹。我不再有想像力，不再有對自然界的敏感，書籍也令我生厭。一旦我們失去了自主，便失去了一切。我向你發誓，我有時甚至希望當個短工，以便清晨一覺醒來，對未來的一天有個目標，有個追求，有個希望。

我常常羨慕阿爾伯特，看見他成天埋頭在公文堆中，心裡就想，要是我能像他有多好啊！有幾次我已動了念頭，想給你和部長寫信，請他把公使館的差事留給我。如你所說，他是不會拒絕我的，我也這麼相信。

部長多年來就喜歡我，總是勸我找個事情做做，有一陣子我也認真準備這麼辦，可是事後再一考慮，我便想起了那則馬的寓言，說的是牠自由自在得不耐煩了，便請人給牠裝好鞍子，套上轡繩，結果讓人騎著累得半死。這一想，我又不知如何是好了。——好朋友，我這要求改變現狀的熱望，莫不就是到處追逼著我的內心煩躁不安吧？

八月廿八日

真的，如果我的病還有希望治好的話，那就惟有他們來醫治。今天是我的生日，一大早我便收到了阿爾伯特差人送來的一個包裹。打開包裹，一個粉紅色的蝴蝶結立刻躍入我眼簾。這是我初見綠蒂時她曾佩戴在胸前，以後我又多次請求她送給我的那個蝴蝶結呵！此外，包裡還有兩本六十四開的小書，威特施坦袖珍版《荷馬選集》，也是我久已想買的本子，以免在散步時老馱著埃爾涅斯特版的大部頭。

瞧，他們總是不等我開口就滿足了我的願望，總是想方設法向我作出友誼的表示。對我來說，這些小小的禮品比那種燦爛奪目的禮物貴重一千倍，因為後者只表明贈予者的矜誇，卻貶低了我們的人格。我無數次地吻著那個蝴蝶結，每吸一口氣，都吸到了對那為數不多的、一去不復返的日子用來充溢我身心的幸福的回憶。

威廉啊，生活就是這樣；而我也不抱怨，生命之花只是過眼雲煙而已！多少花朵凋零了，連一點痕跡也不曾留下！能結果的何其少，果實能成熟的就更少了！不過，儘管如此，世間仍存在足夠的果實；難道，我的兄長，難道我們能輕視這些已成熟的果實，對它不聞不問，不去享受他們，任它們白白腐爛掉麼？

再見！此間的夏季很美，我常常坐在綠蒂家的園子裡的果樹上，手執摘果用的長桿，從樹梢上勾梨子。她站在樹下，摘下我勾給她的果實。

八月三十日

不幸的人呵！你可不是傻子嗎？你可不是自我欺騙嗎？這無休止的熱烈渴慕又有何益？除了對她，我再不向任何人禱告；除了她的倩影，再沒有任何形象出現在我的腦海裡；我周圍世界的一切，在我眼裡全都與她有著關係。這樣的錯覺也曾使我幸福了一些時候，可到頭來仍不得不與她分離！

威廉呵，我的心時時渴望到她身邊去！我常兩個小時、三個小時地坐在她身旁，欣賞著她優美的姿態舉止，雋永的笑語言談，所有的感官漸漸緊張到了極點，直至眼前發黑，耳朵任何聲音都再聽不見，喉頭就像給誰扼住了似的難受，心兒狂跳著，渴望著使緊迫的感官鬆弛一下，結果反倒使它們更加迷亂。

威廉啊，我這時常常不知道，我是否還在這個世界上活著！有時候，抑鬱的心情占了上風，要不是綠蒂允許我伏在她手上痛哭一場以舒積鬱，從而得到可憐的一點點安慰的話，我就一定得離開她，一定得跑出去！隨後，我便在廣闊的田野裡徘徊。攀登上一座陡峭的山峰，躑躅在沒有路徑的森林裡，穿過滿是荊棘的灌木叢，讓它們刺破我的手臉，撕碎我的衣履！這樣，我心中會好受一點兒！

但也就是一點兒而已！有時，我又渴又累，倒臥途中；有時，在深夜寂靜的林間，我頭頂一輪滿月，坐在一棵彎曲的樹桿上，讓我磨傷了的腳掌得到些許休息。接著，在黎明前的朦朧晦暝中，由困人的寂寥送入夢鄉，沉沉睡去。

威廉，修道士寂寞的斗室，贖罪者羊毛織成的粗衣和荊條編成的腰帶，現在才是我靈魂渴求的甘露啊！再見了！我看這眼前的悲苦是無休無止，除非進入墳墓。

九月三日

我必須走了！謝謝你，威廉，是你堅定了我的決心，使我不再猶豫。十四天來，我就在轉著離開她的念頭。我必須走了。眼下她又在城裡照護她的女友。而阿爾伯特……還有……我必須走了！

九月十日

那是怎樣一個夜晚喲，威廉！現在我一切都可以克服了。我不會再見到她！此刻，我恨不得撲到你懷裡，痛痛快快地哭一場，向你傾吐我激動的情懷，我的好友！我坐在這兒，為使自己平靜下來而一口一口地吸著長氣，同時期待著黎明快快來到；太陽一出，我的馬匹就備好了。

唉，她會睡得很安穩，不會想到再也見不著我了。我終於堅強起來，離開了她，在兩個小時的交談中絲毫不曾洩露自己走的打算。上帝呵，那是怎樣一次談話啊！

阿爾伯特答應我，一吃完飯就和綠蒂一起到花園裡來。我站在高高的栗子樹下的土坡上，最後一次目送著夕陽西下，沉落到幽靜的山谷和平緩的河流背後去。我曾多少次和她一起站在這兒，欣賞著同一幕壯麗景色呵；然而現在……

我在那條十分熟悉的林蔭道上來回踱著；早在認識綠蒂以前，這條路便對我產生了某種神秘的吸引力，使我經常在此駐足；後來，在我倆認識之初，我們便發現彼此對這個地方都有著相同的愛好，當時的欣喜之情簡直難以言說。這條林蔭道，的確是我見過的一件最富浪漫情調的藝術傑作。

你一直要走到栗子樹間，眼前才會豁然開朗。──啊，我想起了，我已經對你描寫過許多次，告訴你那些高聳的山毛櫸樹怎樣像牆一般把人圍在中間，那林蔭道怎樣被兩旁的小叢林遮擋著，顯得越發幽暗，直到最後成為一個與世隔絕的小天地，寂靜淒清，令人悚然。

我還清楚記得第一次在正午走進去時的奇異心境；我當時隱隱約約預感到，這將是一個既讓人嘗到許多幸福，又讓人體驗無數痛苦的所在。

我懷著令人銷魂的離情別緒，在那兒沉思了約莫半個小時，便聽見他們從土坡下走來了。我跑上前去，在拉住她的手時不由一怔，但還是吻了吻。我們再登上土坡去時，月亮也剛好從樹影森森的山崗後面升了起來。我們談著各種各樣的事情，不覺已走到黑森森的涼亭前面。綠蒂跨進去坐下來，阿爾伯特坐在她身邊，我也一樣。然而，內心的不安叫我沒法久坐，便站起身，走到她跟前，在那兒踱了一會兒，最後又重新坐下，那情形可真令人難受啊。

這當兒，她讓我們注意到美麗的月光，只見在我們面前的山毛櫸樹牆的盡頭，整個土坡都被照得雪亮，加之是被包圍在一片深邃的幽靜中，那景象就更加鮮明悅目。我們全都沉默無語，過了好一陣她才又開口道：

「每當在月光下散步，我總不免想起自己已故的親人，對死和未來的恐懼就一定會來襲擾我，我們都一定會死啊！」

她聲音激動地繼續說：「可是維特，你說我們死後還會不會再見呢？見著了還能相互認識麼？你的預感怎麼樣？你能說些什麼？」

「綠蒂，」我說，同時把手伸給她，眼裡噙滿了淚水，「我們會再見的！在這兒和那兒都會再見！」

我講不下去了。在我滿懷離愁的時刻，威廉，難道她非這麼問不可麼！

「我們已故的親人，」她繼續問，「他們是否還記得我們呢？他們能不能感覺到，我們在幸福的時刻，總是懷著熱愛想念他們呢？常常，在靜靜的夜晚，我坐在弟妹中間，像當年母親坐在她的孩子們中間一樣，孩子們圍著我，像當年圍著他們的母親一樣，這時候，我面前每每就會浮現出我母親的形象。我呢，眼含渴慕的熱淚，仰望空中，希望她能哪怕只看我一眼，看看我是如何信守在她臨終時對她許下的諾言，代替她做孩子們的母親的。我激動得幾乎喊出聲來：原諒我吧，親愛的媽媽，要是我沒能像您那樣無微不至地關懷他們。唉，我已經做了能做的一切，照顧他們穿衣，照顧他們飲食，更重要的，還保護他們，愛他們。親愛的神聖的媽媽呀，你要能見到我們多麼和睦就好了！你將懷著最熱烈的感激之情讚美上帝，讚美你曾以臨終的痛苦淚水，祈求他保佑你的孩子們的主……」

她這麼講啊講啊，威廉！誰能夠把她講的都複述出來呢？這冷漠的、死的文字，怎能表達那靈智的精髓呵！

阿爾伯特溫柔地打斷了她：「你太激動了，親愛的綠蒂！我知道，你心裡老惦著這件事，不過我求你……」

「呵，阿爾伯特，」她說：「我知道你不會忘記那些個晚上，當時爸爸出門去了，孩子們已被打發上了床，我倆一塊兒坐在那張小小的圓桌旁邊，你手頭常常捏著一本書，但卻很難得讀一讀；要知道在這個世界上，有什麼比和這個美麗的靈魂進行交流更重要呢？她是位秀麗、溫柔、快活而不知疲倦的婦女。上帝知道，我多麼經常地流著熱淚跪在自己床上，乞求他讓我變成像她一樣！」

「綠蒂！」我叫著，同時撲倒在她跟前，抓住她的手，眼淚簌簌滴到了她的手上，「綠蒂呵，上帝時刻保佑著你，還有你母親在天之靈也保佑著你！」

「唉，你要是認識她就好了，」綠蒂緊握著我的手，說：「她值得你認識吶！」——聽到這話，我自覺飄飄然起來；在此之前，我還從未受過更崇高、更可引以自豪的稱讚哩。——她繼續說：

「可這樣一位婦女，卻不得不正當盛年就離開人世，死的時候平靜而安詳，只有她的孩子們令她心疼，特別是最小的兒子。彌留之際，她對我講：『把他們給我領來吧。』我就把孩子們領進房去，小的幾個還懵懵懂懂，大的幾個也不知所措，全圍著病榻站著。她舉起手來為他們祝福，挨個兒吻了他們，然後便打發他們出去，一邊卻對我講：『你要做他們的母親呵！』——我向她起了誓——『你答應了像母親似地關心他們，照料他們，這個擔子可不輕呀，我的女兒！我自己經常從你感激的淚水看出，你已體會到做個母親多麼不易。對於你的弟妹，你要有母親的慈愛；對於你的父親，你要有妻子似的忠實與柔順，並且成為他的安慰。』她問父親在哪兒。父親為了不讓我們看見他難以忍受的悲痛，已一個人出去，這個男子漢也是肝腸寸斷了啊。

「阿爾伯特，你當時也在房中。她見有人走動，便問是誰，並要求你走過去。她凝視著你和我，目光安詳，流露出感到欣慰的神氣，因為她知道我倆將在一起，幸福地在一起。」

阿爾伯特一把摟住綠蒂的脖子，吻她，吻了又嚷：

「我們現在是幸福的！將來也會幸福！」

冷靜的阿爾伯特一時間竟失去了自制，我更完全忘乎所以。

「維特呵，」她又繼續講：「上帝卻讓這樣一位夫人離開了人世！我有時想，當我們眼看自己生命中最親愛的人被奪走時，沒有誰的感受比孩子們更痛切的了。後來，我的弟妹很久很久還在對人訴說，是一些穿黑衣的男人把媽媽給抬走啦！」

她站起身來，我才恍如大夢初醒，同時深為震驚，因此仍呆坐在那兒，握著她的手。

「咱們走吧，」她說：「時候不早了。」她想縮回手去，我卻握得更緊。

「我們會再見的，」我叫道：「我們會再相聚，不論將來變成什麼樣子，都能彼此認出來的。我要走了，心甘情願地走了。」

我繼續說：「可要我說永遠離開你們，我卻無此毅力。保重吧，綠蒂！保重吧，阿爾伯特！我們會再見的！」

「我想就在明天吧。」她開玩笑說。

天啦！這個「明天」多夠我受！可她在抽回手去時，還壓根兒不知道哩……

他倆走出了林蔭道，我仍呆呆立著，目送著他們在月光下的背影，隨後卻撲倒在地上，痛哭失聲，一會兒又一躍而起，奔上土坡，從那兒，還看見她的白色衣裙，在高高的菩提樹下的陰影裡閃動，可等我再伸出手去時，她的倩影已消失在園門中。

第二篇

一七七一年

十月二十日

我們昨天抵達此地，公使覺著身體不舒服，要在家裡休息幾天。他要是脾氣隨和些，就一切都好了。我發現，一再地發現，命運總是安排給我種種嚴峻的考驗。可是鼓起勇氣啊！心情一輕鬆，便什麼都能忍受了。

好個心情輕鬆，這話竟然出自我的筆下，簡直令人好笑！唉，豈知我只需心情稍微輕鬆一點兒，就可以成為天底下最幸福的人。

可不是麼，別人有一點點能力，一點點才分，便到處誇誇其談，沾沾自喜，我幹嘛還要悲觀失望，懷疑自己的能力和天賦呢？仁慈的上帝，是你賜予了我這一切；可你為什麼不少給我一半才能，多給我一丁點自信與自足喲！

別急！別急！情況會好起來的。告訴你，好朋友，你的意見完全對。自從我每天在人們中間忙忙碌碌，看見他們幹什麼和怎麼幹以來，我的心緒已經好多了。的確，我們生來就愛拿自己和其他人反反覆覆比較；所以，我們是幸福或是不幸，全取決於我們與之相比的是些什麼人；所以，最大最大的危險，就莫過於孤身獨處了。

我們的腦子生就是朝上想的，加之受到詩裡的幻境的激發，便常常臆造出一些地位無比優越於我們的人來，好像他們個個都比自己傑出，個個都比自己完美，而且這似乎理所當然。經常地，我們感到自己身上有這樣那樣的缺陷；在我們看來，我們所欠缺的，別人偏偏都有。不僅如此，我們還把自己所有的品質全加在他的身上，外搭著某種心滿意足。這樣，一個幸福的人就完成了，只不過是我們自己的創造而已。

反之，如果我們不顧自己衰弱和吃力，只管一個勁兒往前趕，我們便會常常發現，我們雖然步履踉蹌，不斷迷路，卻仍比其他又張帆又划槳的人走得遠——而且，一旦你與其他人並駕齊驅，或者甚至超越了他們，你就會真正感覺到自身的價值。

十二月廿六日

我開始勉勉強強適應了此地的生活。最使我高興的，是這兒有足夠的事幹；此外，還有許許多多的人，百態千姿，形形色色，恰似在對著我的靈魂演出一場熱鬧的趣劇。

我已經結識了C伯爵，一位令我日益尊敬的博學而傑出的男子。他見多識廣，所以對人就不冷漠；從他的待人接物，可以明顯看出是很重感情和友誼的。我有一次奉命去他府上公幹，他便表現出對我有好感，一經交談，他更發現我們相互理解，發現他可以同我像同他的少數知心朋友似地傾談。還有他對人態度之坦率，我怎麼稱讚也不為過。世間最純粹、最暖人胸懷的樂事，恐怕莫過於看見一顆偉大的心靈對自己開誠相見吧。

十二月廿四日

公使給了我許多煩惱，這是我預料到的。像他似的吹毛求疵的傻瓜，世上找不出第二個，一板一眼，囉哩囉唆，活像個老太婆；他這人從來沒有滿意自己的時候，因此誰也甭想多會兒稱他的心。我喜歡的可是做事爽快麻利，是怎樣就怎樣；他呢，卻有本事把文稿退還給我，說什麼「文章嘛寫得倒挺好，不過您不妨再看看，每看一遍總可以找到一個更漂亮的句子，一個更適合的小品詞。」——這真叫我氣得要死。任何一個「和」，任何一個連詞，你都甭想省去；我偶爾不經意用了幾個倒裝句，他都拼命反對；要是你竟把他那些長套句換了調，他更會擺出一副完全摸不著頭腦的樣子，和這樣一個人打交道，真叫受罪啊。

只有伯爵的信任，才給我以安慰。最近他開誠佈公地告訴我，他對我這位公使的拖遝與多疑也很不滿，「這種人不僅自討苦吃，也給人家添麻煩，不過，」他說：「我們必須聽天由命。這就像旅行者不得不翻一座山，這座山要是不存在，路走起來自然舒坦得多，也短得多；可它既然已經存在，那你就必須翻過去！」

我那老頭子心裡明白，比起他來，伯爵更器重我。他對此十分生氣，一抓住機會就當著我的面講伯爵的壞話；我呢，自然便要為伯爵辯護，這一來事情只會更糟。昨天我簡直叫他惹火了，因為他下面的一席話，捎帶著把我也給罵了進去。他說，伯爵處理起事務來還算在行，非常幹練，筆頭嘛也來得，可就是缺少淵深的學識，跟所有文人一樣，講這話時，他那副神氣彷彿在問：「怎麼樣，刺痛你了吧？」我才不吃這一套哩，我鄙視一個像這樣思想和行動的人，便與他針鋒相對，毫不讓步。我道，無論品性或是學識，伯爵都是位理應受到尊重的人。

「在我所有相識者中，」我說：「沒有誰像他那樣心胸開闊，見多識廣，同時又精於日常事務的。」——我這話在老頭子無異於對牛彈琴；為了避免鬧扯下去再找氣嘔，我就告辭了。

瞧，全都怪你們不是。是你們嘮嘮叨叨，勸我來戴上了這副重軛，成天在我耳邊念「要有作為呀」，「要有作為呀」。要有作為！如果一個種出馬鈴薯來運進城去賣的農民，他不比我更有作為的話，我也甘願在眼下這條囚禁我的苦役船上再受十年罪。

還有那班麇集此間的小市民們的虛榮與無聊！他們是如此地斤斤計較等級，無時無刻不在瞅著搶到別人前頭去一步的機會，以致這種最可悲、最低下的欲望，竟表現得赤裸裸的。比如有一個女人，她逢人便講她的貴族血統和領地，使每個不諳內情者都只能當她是白癡，要不怎麼會神經失常，把自己那點兒貴族血液和世襲的領地竟看得如此了不起。——更糟糕的是，這個女的偏偏只是本地一名書記官的千金。——是啊，我真不明白這類人，他們怎麼竟如此沒有廉恥。

不過，好朋友，我一天比一天看得更加清楚，以自己去衡量別人是很愚蠢的。何況我本身有的是傷腦筋的事兒，我這顆心真叫不平靜呵——唉，我真樂於讓人家走人家的路，只要他們也讓我走自己的路就成。

最令我惱火的是市民階層的可悲處境。儘管我和任何人一樣，也清楚瞭解等級差別是必要的，它甚至還給我本人帶來了不少好處，可是，它卻偏偏又妨礙著我，使我不能享受這世界上僅存的一點點歡樂，一星星幸福。

最近，我在散步時認識了封・B小姐；她是一位在眼前的迂腐環境中仍不失其自然天性的可愛姑娘。我和她談得十分投機，臨別便請她允許我上她家去看她。她大大方方地答應了，使我更加急不可耐地等著約定的時間到來。

她並非本地人，住在一位姑母家裡。老太太的長相，我一見就不喜歡，但仍然對她十分敬重，多數時間都在和她周旋。可是不到半小時，我便摸清了她的底細，而事後封・B小姐也向我承認了。原來親愛的姑媽老來事事不如意，既無一筆符合身分的產業，也無智慧和可依靠的人，有的只是一串祖先的名字和可資憑藉的貴族地位，而她惟一的消遣，就是從她的樓上俯視腳下的市民的腦袋。

據說她年輕時倒是很俊俏的，只是由於行事太詭異，才毀了自己的一生，開始一意孤行，把不少倒楣的小青年折磨得夠嗆；後來上了幾分年紀，就只好屈就一位軟耳根的老軍官啦。此人以這個代價和一筆勉強夠用的生活費，和她一起度過了那些艱辛的歲月。隨後他就一命嗚呼，丟下了她孤零零一個人，眼下的日子同樣艱辛。要不是她那外甥女如此可愛的話，誰還高興來瞅她一眼啊。

一七七二年

一月八日

真不知這是些什麼人，整個的心思都繫掛在那種種繁文縟節上，成年累月盤算和希冀的只是怎樣才能在宴席上把自己的座位往上挪一把椅子。並非他們除此別無事做；相反，事情多得成堆，恰恰是為忙那些無聊的瑣事去了，才顧不上幹重要的事。上星期，在乘雪橇出遊時便發生了爭吵，結果大為掃興。

這班傻瓜喲，他們看不出位置先後本身毫無意義；看不出坐第一把交椅的，很少是第一號角色！古往今來，不知有多少君王受自己宰相的支配，有多少宰相又為他秘書所駕馭！在這種情況下，誰是第一號人物呢？我認為是那個眼光超過常人、有足夠的魄力和心計把別人的力量與熱情全動員起來實現自己計畫的人。

一月二十日

親愛的綠蒂，我剛才為避一場暴風雪逃進了一家鄉村小客棧，只有到了這兒，我才能給你寫信。多久我還困在D城那可悲的窠巢裡，忙碌在那班對於我的心來說完全是陌生的人們中間，多久我的心就不會叫我寫信給你。可眼下，在這所茅屋中是如此寂寞，如此湫隘，雪和冰雹正撲打著我的小窗，在這兒，我的第一個思念卻是你。我一踏進門，你的倩影便出現在我的眼前，喚起了我對你的回憶，綠蒂呵，那麼神聖、那麼溫馨的回憶！仁慈的上帝，這是許久以來你賜予我的第一個幸福時刻啊！

親愛的，你哪知道我已變得多麼心神不定，知覺麻木！我的心沒有一刻充實，沒有一刻幸福！空虛呀！空虛呀！我好像站在一架西洋鏡前，看見人兒馬兒在我眼前轉來轉去，不禁經常問自己，這是不是光學把戲呢？其實，我自己也參加了玩這把戲，或者更正確地說，也像個木偶似的被人玩，偶爾觸到旁邊一個人的木手，便嚇得戰慄著縮了回來。

晚上，我下決心要享受日出，到了早晨卻起不來床；白天，我希望能欣賞月色，天黑了又待在房中出不去。我鬧不明白，我幹嘛起身，幹嘛就寢。

我的生活缺少酵母，使我深夜仍精神飽滿，一大早就跳下床來的興奮劑已不知拋到了何處。在此地，我只結識了一個女子，一位名叫封・B的小姐；她就像你啊，親愛的綠蒂，如果說誰學能像你的話。

「哎，」你會說：「瞧這人才會獻殷勤哩！」——此話倒也並非完全不對；一些時候以來，我的確變得有禮貌多了，機靈多了——不如此不行呵——，所以女士們講：誰也不如我會說奉承話。

「還有騙人的話。」你會補充說。可是，不如此不行呵，你懂嗎？——讓我還是講封・B小姐吧。她是一個重感情的姑娘，這從她那一雙明亮的藍眼睛可以看出來。她的貴族身分只是她的負擔，滿足不了她的任何一個願望。她渴望離開擾攘的人群，我不止一次陪著她幻想過田園生活的純淨的幸福，啊，還幻想過你！她是多麼經常地不得不崇拜你呵。不，不是不得不，而是自願；她非常願意聽我講你的情況，並且愛你。

呵，我真願能再坐在你腳邊，坐在那間舒適可愛的小房間裡，看著我們親愛的孩子們在我的周圍打鬧嬉戲！要是你嫌他們吵得太厲害，我就可以讓他們聚到我身邊來，安安靜靜聽我講一個可怕的故事。

美麗的夕陽慢慢沉落在閃著雪光的原野上，暴風雪過去了，而我呢，又必須把自己關進我那籠子裡去……

再見！阿爾伯特和你在一起嗎？你究竟過得……？上帝饒恕我提這個問題！

二月八日

八天來天氣壞得不能再壞，但對於我卻太好啦。須知，自從我到此地以後，還沒有一個天氣好的日子不是讓人破壞了或者搞得不痛快的。

「哈，這會兒你儘管下雨、飛雪、降霜、結冰好了，」我想，「我反正待在屋子裡也不會比外面壞，或者恰恰相反，倒好一些。」

每當早上太陽升起，預示著有一個好日子的時候，我便忍不住要嚷：「今兒個上帝又降了一個恩惠，好讓他們去你搶我奪啦！」他們互相搶奪著健康、榮譽、歡樂和休息，而且這樣做多半是出於愚昧無知和心胸狹隘；可你要聽他們講起來，存心卻又像好得不能再好了。我有時真想跪下去求他們，別這麼發瘋似地大動肝火好不好。

二月十七日

我擔心，我的公使與我共事不長了。這個人簡直叫你受不了。他辦公和處理問題的方式十分可笑，我常常禁不住要講出自己的看法來，或者乾脆按照自己的想法和方式行事，結果自然從來不能令他滿意。

最近他到宮裡去告了我，部長也就給了我一個申斥，雖說相當和緩，但申斥畢竟是申斥。我已準備提出辭呈，這當口卻收到了他的一封親筆信[28]；這是一封怎樣的信呵！在它所包含的崇高、高尚和英明的思想面前，我不能不五體投地。他責備我有失偏激。他說，我對辦事效率、對影響他人、對干預政務等等問題的想法，固然表現了年輕人的朝氣，值得尊重，但是卻操之過急；因此，他並不準備叫我打消這

28 出於對這位傑出人物的尊敬，編者從書裡抽出了這封信以及後文提到的另一封信；因為編者認為，不這樣未免冒失，就算能得到讀者的熱誠感謝吧，也仍然是不可原諒的。（作者注）

些想法，而只希望使它們和緩一點，只希望引導它們，讓它們發揮好影響，產生積極切實的作用。

真的，有八天之久，我感到深受鼓舞，心情格外舒暢。內心的平靜確是一件珍寶，簡直就是歡樂本身。親愛的朋友，要是這珍寶能既貴重美麗，又不易破碎就好嘍！

二月二十日

上帝保佑你們，親愛的朋友！願他把他從我這兒奪去的好日子，統統賜予你們吧。

我感謝你，阿爾伯特，感謝你瞞著我。我一直等著你們結婚的消息；我已下定決心，一旦這大喜的日子到來，就鄭重其事地從牆上把綠蒂那張剪影像取掉，藏到其他畫片中間去。喏，眼下你們已經成為眷屬，可她的像仍然掛在這裡；是的，還要讓它一直掛下去！

為什麼不呢？我知道，我也仍然存在於你們那兒，存在於綠蒂心中，但並未妨礙你，是的，我在她心中占據著第二個位置，並且希望和必須把這個位置保持下去。呵，要是她把我忘了，我就會發瘋的……這個想法太可怕，阿爾伯特。

再見，阿爾伯特！再見，綠蒂，我的天使！

三月十五日

我觸了一個霉頭，看起來是非離開此地不可啦。我咬牙切齒！見鬼！事情絕無補救，而要怨就只能怨你們。是你們鼓動我，催促我，折磨我，使我接受了這份與我性情不合的差事。這下我可好了！這下你們可好了！為了不讓你講什麼又是我思想偏激才把一切弄糟了的，現在我請你，親愛的先生，聽聽下面這段簡短有趣的故事，它將是原原本本的紀實。

C伯爵喜歡我，器重我，這你知道，我已經對你講過上百遍了。就在昨天，我在他府上吃飯，可沒想到正巧碰著個當地的貴族男女晚上要來他家聚會的日子；再說我也從來沒留心，像我們這樣的小人物是不容插足他們的聚會的。好啦。我在伯爵府上吃飯，飯後我們在大廳中踱起步來，我和伯爵談話，和一位後來的上校談話，不知不覺間聚會的時候就到了。天曉得，我卻壓根兒沒想到呵。

這當口，最最高貴的封·S太太率領著自己的丈夫老爺以及她那隻孵化得很好的小鵝——一位胸部扁平、纖腰迷人的千金走進來了，並且在經過我身邊時，高高揚著他們那世襲的貴族的眼睛和鼻孔。我打心眼兒裡討厭這號人，因此打算等伯爵與他們一寒暄完就去向他告辭，誰知這時，我那B小姐又進來了。我每次一見她總感幾分欣喜，便留下來，站在她的椅子背後，過了好一會兒才發現她和我交談不如平時隨便，樣子也頗尷尬，我覺得古怪。

「原來她也跟那班傢伙一樣哩。」我暗想，不禁生起氣來，準備馬上走；可我仍留下了，因為我很希望是錯怪了她，不相信她真會如此，希望能從她口裡聽見一句好話，並且……誰知還希望什麼。這其間，聚會的人已經到齊：有穿戴著參加弗朗茨一世[29]加冕時的全套盛裝的F男爵，有帶著自己的聾子老婆、在這種場合被鄭重地稱為封·R大人的宮廷顧問R等等，此外，還不應忘記提到捉襟見肘的J，他在自己滿是窟窿的老古董禮服上，打著許多時新的補丁。

29弗朗茨一世（Franz ber Erste，一七〇九—一七六五），「德意志民族的神聖羅馬帝國」的皇帝，一七四五年加冕。

聚到一塊兒的就是這種人物。我與其中幾個我認識的攀談，他們全都愛理不理。我想……我只留心著我的B小姐，沒注意到女人們都湊到大廳的頭上，在那兒嘰嘰咕咕地咬耳朵；沒注意到，後來男人們也受了傳染；沒注意到，封・S夫人一個勁兒在對伯爵講什麼（這些情形全是事後B小姐告訴我的），直到伯爵終於向我走來，把我領到一扇窗戶跟前。

「您瞭解我們的特殊處境，」他說：「我發現，參加聚會的各位對您在場感到不滿，我本人可是說什麼也不想……」

「閣下，」我搶過話頭說：「千萬請您原諒，我早該想到才是呵。不過我知道，您會恕我失禮的。我本早想告辭，卻讓一個惡靈給留住了。」我微笑著補充，同時鞠了一躬。

伯爵含意深長地緊緊握著我的手。我不聲不響地出了一幫貴族聚會的大廳，到得門外，坐上一輛輕便馬車，向著M地駛去。在那兒，我一邊從山上觀賞落日，一邊讀我的荷馬，聽他歌唱俄底修斯如何受著好客的牧豬人的款待，一切都是如此的美好啊。

傍晚回寓所吃飯，在客廳裡已只剩幾個人，他們擠在一個角落裡擲骰子，把桌布都翻了起去。這當兒，為人誠懇的阿德林走進來，脫下帽子，一見我就靠攏來低聲說：「你碰釘子了？」

「我？」我問。

「可不是，伯爵把你從集會裡趕出來啦。」

「見他們的鬼去！」我說：「我倒寧可出來呼吸呼吸新鮮空氣吶。」

「這樣就好，你能不在乎。」他說：「可令我討厭的是，眼下已經鬧得滿城風雨。」

到這時候，我才感覺不自在起來。所有來進餐的人都盯著我瞧，我想原因就在這裡吧！這才叫惱人呵。

甚至在今天，我走到哪兒，那兒的人都對我表示同情；我還聽見一些本來嫉恨我的人在洋洋得意地講：「這下瞧見了，那種妄自尊大的傢伙會有怎樣的下場。他們憑著點兒小聰明就自以為了不起，把一切全不放在眼中……」諸如此類的混帳話還有的是。我真恨不得抓起刀來，刺進自己的心窩裡去；要知道你們盡可以說什麼自行其是，不予理睬，可我倒想看看，有誰能忍受占了上風的無賴們對自己說東道西。他們的話要是憑空捏造，唉，那倒也罷了。

三月十六日

所有的事情都叫我生氣。

今天我在大街上碰見B小姐，忍不住招呼了她。當我們離人群遠了點時，我就向她發洩對她最近那次態度的不滿。

「呵，維特，」她語氣親切地說：「既然你瞭解我的心，怎麼還能這樣解釋我當時的狼狽不安呢？從跨進大廳的一刻起，我多麼為你難受啊！我已預見到後來發生的一切，話到舌頭無數次，只差對你講出來。我知道，封‧S和封‧T寧可帶著她們的男人退場，也絕不願和你在一起。我知道，伯爵也不好得罪他們……眼下可熱鬧啦！」

「眼下怎樣了，B小姐？」我問，同時掩飾著內心的恐懼；而前天阿德林給我講的一切，此刻就像沸騰的開水似地在我血管裡急速流動起來。

「你可害得我好苦呵！」說著說著，可愛的人兒眼裡就噙滿了淚水。我再控制不住自己，已準備跪倒在她腳下。「請你有話就說出來吧。」我嚷道。淚珠順著她的臉頰往下淌，我完全失去了自制。她擦著眼淚，一點沒有掩飾的意思。

「你知道我姑媽，」她開始講，「當時她也在場，並且以怎樣的目光盯著你喲！維特，我昨天晚上好不容易才熬過來，今兒一天又為和你交往挨了一頓訓。我還不得不聽著她貶低你，辱罵你，一點不能為你辯解，不好為你辯解。」

B小姐說的每一句話，都像劍一樣刺痛我的心。她體會不到，如果不提這一切對我來說將是多麼大的仁慈，現在她又告訴我人家還有哪些流言蜚語，以及誰誰誰將因此洋洋得意。她說，那些早就指責我傲氣和目中無人的傢伙，眼下對於我受的報應真是心花怒放，樂不可支。

聽著她，威廉，聽著她以懷著真誠同情的聲調講這些……我當時氣得肺都炸了，眼下也仍然怒火中燒。我那會兒真希望有誰站出來指責我，這樣我便可以一刀戳穿他；也許見了血，我的心中會好受些。呵，我曾上百次地抓起刀來，想要刺破自己的胸膛，以舒心中的悶氣。人說有一種寶馬，當騎手驅趕過急，牠便會本能地咬破自己的血管，使呼吸變得舒暢一些。我的情形經常也就如此，真巴不得切開自己的一條動脈，以便獲得永遠的自由。

三月廿四日

我已向宮裡要求辭職，希望能得到批准；我沒有事先徵得你們同意，諒必你們不會怪罪我吧。我反正是非走不可了，而你們為勸我留下可能說的話，我也都知道……對了，請你把此事盡可能委婉地告訴我母親，我自己已是無計可施，如果不能使她稱心，那就只有求她原諒。自然，這必定會叫她難過：眼看自己兒子業已開始的做樞密顧問和公使的美好前程就此斷送，前功盡棄！你們愛怎麼想就怎麼想好了，不管想出多少我可以留下和應該留下的理由，一句話，我反正得走。

為了讓你們知道我的去向，我就告訴你，這兒有一位侯爵，他很樂於和我結交。當他得知我辭職的打算以後，便邀我到他獵莊上去，和他共度明媚的春天。他答應到時候讓我自便，加之我們在一起還相互有某種程序的理解，我就想碰碰運氣，隨他一塊兒去。

補記

四月十九日

感謝你的兩封來信。我遲遲未作回答，是因為我把這封信壓下了，一直等到辭呈批下來；我擔心母親會去找部長，使我的打算難以實現。眼下可好了，辭呈已經擺在面前。我不想告訴你們，上邊是多麼不願意批准它，以及部長在信中寫了些什麼話；否則，你們又該抱怨開來。親王贈我二十五個杜卡盾，作為解職金，我感動得幾乎掉下淚來。這就是說，我不需要母親再寄給我最近信上要的那筆錢了。

五月五日

我明天就要離開這兒，因為我的故鄉離途經的某地只有六英里，我於是打算再去看看它，回憶回憶那些業已逝去的充滿幸福夢想的日子。想當年，父親故去以後，母親領著我離開可愛的家園，把自己關進了城裡；如今我又要走進她曾領著我出來的同一道門裡去。

再見，威廉，我在途中會給你寫信的。

五月九日

我懷著朝聖者的虔敬心情，完成了我的故鄉之行：一些意想不到的情感曾在我心中油然而生。在出城向S地走一刻鐘處的那株大菩提樹旁，我叫車夫停了下來。我下了車，打發郵車繼續往前走，自己準備步行，以便隨心所欲地喚起對往事的回憶，盡情地加以重溫。

瞧我又站在這株菩提樹下啦！兒時，我曾無數次地以它為散步的終點和目的。世事無常！當初，無知而幸福的我多麼渴望到那陌生的世界裡去，為我的心尋找豐富的營養，無盡的享受，使我鬱悶焦躁的胸懷得以舒暢，得到滿足；如今，我從廣大的世界上歸來，我的朋友呵，可希望已一個個破滅，理想也盡皆消亡！

我看見那些山峰仍兀立眼前，我曾多少次希望去攀登它們呵！我曾幾小時幾小時地坐在這菩提樹下，心兒卻已飛過山去，盡情地神遊在山後的森林與峽谷中；

在我眼裡，它們顯得如此親切，如此神秘。每當到了回家的時刻，我又多麼戀戀不捨，不願離開這可愛的所在呵！

離城漸漸近了。所有古老的、熟悉的花園小屋都得到了我的問候，而新建的卻令我反感，一如其他所有由人造成的變化。

我穿過城門，一下子就感覺自己到了家。好朋友，我不想細談，這些對我具有極大魅力的事物，講出來卻會十分單調乏味。

我決定下榻在市集廣場上，緊靠著我們家的老屋。我在散步時發現，我們被一位認真的老太太塞在裡邊度過了童年時代的教室，如今已變成一家雜貨鋪。我回味著在這間小屋裡經歷過的不安，悲傷，迷惘和恐懼。——幾乎每跨一步，我都能遇上吸引我注意的事物；即使一個朝聖者到了聖城，也找不到如此多值得紀念的地方，他的心也很難充滿如此多神聖的激情呵。——僅再舉千百件經歷中的一件為例。

我沿河而下，走到了一個農場的附近，從前我也常來這兒，我們男孩子們練習用扁平的石塊在河面上打水漂兒。我還記憶猶新的是，我有時站在江邊目送著江水，心中充滿了奇妙的預感，腦子裡想像著江水正要流去的不可思議的地域，但很快便發現自己的想像力到了盡頭；儘管如此，我仍然努力想下去，直到終於忘情在一個看不見的遠方。——你瞧，朋友，我們那些傑出的祖先儘管孤陋寡聞，卻也非常幸福！他們的感情和詩是那麼天真！當俄底修斯講到無垠的大海和無邊的大地時，他的話是那麼真實、感人、誠摯、幼稚而又十分神秘。現在，我可以和每一個學童講，地球是圓的，可這對我又有何用處呢？人只需要小小一塊土地，便可以在上邊安安樂樂；而為了得到安息，他所需的地方就更小了。

眼下我已住在侯爵的獵莊上，這位爵爺待人真誠隨和，倒也十分好相處。可在他周圍，卻有一些令我簡直莫名其妙的怪人。他們似乎並非奸詐之徒，但又沒有正派人的樣子。有時候，我也覺得他們是誠實的，但仍不能予以信賴。最令我感覺不快的是，侯爵經常人云亦云，高談闊論，講一些聽到和讀到的東西。

再說，他之重視我的智慧和才氣，也勝過重視我的心；殊不知我的心才是惟一的驕傲，才是我的一切力量、一切幸福、一切痛苦以及一切一切的惟一源泉！唉，我知道的東西誰都可以知道，而我的心卻為我所獨有。

五月廿五日

我腦子裡有過一個計畫；但在它實現以前，我本不想告訴你。現在反正不會成功，說說也無妨。我曾經希望去從軍！這個想法在我心中久已有之；我所以追隨侯爵來到他莊上，主要目的也在於此，因為他是×××地方的現役將軍。一次在散步時，我把自己的打算透露給他，他勸我打消這個念頭，說除非我真的有此熱情，而不是一時胡思亂想，否則我就必須聽從他的規勸。

六月十一日

隨你講什麼吧，反正我是待不下去了。你要我在這兒幹嘛呢？日子長得叫我難過。至於侯爵，他待我要說多好有多好，可我仍然感到不自在。歸根到底，我們之間毫無共同之處。他是個有理解力的人，但也僅僅是平平庸庸的理解力罷了；與他交往帶給我的愉快，不見得比讀一本好書來得多。我打算再待八天，然後又四處漂泊去。

我在此間做的最有意義的事是作畫。侯爵頗具藝術感受力；他要是不受討厭的科學概念和流行術語的局限，對藝術的理解就會更深刻一些。有不少次，正當我興致勃勃地領著他在自然與藝術之宮中暢遊，他卻突然自作聰明，從嘴裡冒出一句藝術行話來，把我直恨得牙癢癢的。

六月十六日

唉，我不過是個漂泊者，是個在地球上來去匆匆的過客！

難道你們就不是麼？

六月十八日

我打算去哪兒？讓我對你說實話吧。我不得不在此地再逗留十四天，然後準備考慮去參觀×地的一些礦井；但參觀礦井壓根兒不算回事，目的還是想借此離綠蒂近一些，如此而已。

我自己也不禁笑起自己這顆心來；但笑儘管笑，卻仍然還就了它。

七月廿九日

不，這樣很好！好得無以復加！……我……她的丈夫！呵，上帝，是你創造了我，要是你還給了我這個福分，那我這一生除了向你祈禱以外，便什麼也不再做。我不想反抗命運，饒恕我的這些眼淚，饒恕我的這些癡心妄想吧！——她做我的妻子！要是我能擁抱這個天底下最可愛的人兒，那我就……

每當阿爾伯特摟住她纖腰的時候，呵，威廉，我的全身便會不寒而慄。

然而，我可以道出真情嗎，威廉？為什麼不可以？她和我在一起會比和他在一起幸福啊！他不是那個能滿足她心中所有願望的人。他這個缺乏敏感，缺乏某種……隨你怎麼理解吧，總之，在讀到一本好書的某個片斷時，他的心不會產生強烈的共鳴，像我的心和綠蒂的心那樣；還有，經常地，當我們發表對另外某個人的行為的感想時，情況同樣如此。

親愛的威廉！他雖說也專心一意地愛著她，但這樣的愛盡可以獲得任何別的報償啊！

一個討厭的來訪者打斷了我。我的淚水已經擦乾，心也亂了。再見，好朋友！

八月四日

不只我一個人的處境是這樣。

所有的人都失望了，所有的人都遭到了命運的欺騙！

我去看望住在菩提樹下那位賢慧的婦人。她的大兒子跑上來迎接我；聽見他的歡叫聲，母親也走了出來，一副垂頭喪氣的模樣。她第一句話就告訴我：「先生，我的漢斯已經死了！」——漢斯是她最小的一個兒子。我無言以對。——「還有我的丈夫，」她繼續說：「他也兩手空空地從瑞士回家來，要不是遇著些好人，他不討飯才怪哩。他在半道上得了寒熱病。」——我不知對她說什麼好，只送了一點兒錢給她的小孩；她請我收下幾顆蘋果，我接過了，帶著憂傷的回憶離開了那地方。

八月廿一日

一眨眼，我的境況完全變了。有幾次，我眼前又閃現過生活的歡愉的光輝，可惜轉瞬即逝！——每當我墮入忘我的夢幻中，我便禁不住產生一個想法：「要是阿爾伯特死了又將怎樣呢？你會的！是的，她也會……」隨後，我便跟著自己的胡思亂想追去，直至被領到懸崖邊上，嚇得渾身戰慄著往後退。

我出得門來，循著當初去接綠蒂參加舞會的大路走啊走啊，可是光景全非了！一切已如過眼雲煙！沒有留下昔日世界的一絲痕跡，半縷情緒。我的心境恰似一個回到自己宮堡中來的幽靈，想當初，他身為顯赫的王侯，建造了這座宮堡，對它極盡豪華裝飾之能事，後來臨終時又滿懷希望地把它遺留給自己的愛子；看眼前，昔日的輝煌建築已燒成一片廢墟。

九月三日

我有時真不能理解，怎麼還有另一個人能夠愛她，可以愛她；要知道我愛她愛得如此專一，如此深沉，如此毫無保留，除她以外，我就什麼也不知道，什麼也不瞭解，什麼也沒有了呵！

九月四日

是的，就是這樣，正如自然界已轉入秋天，我的心中和我的周圍也已一派秋意。我的樹葉即將枯黃，而鄰近我的那些樹木卻在落葉了。我上次剛到此地，不是對你講過一個青年農民麼？這次在瓦爾海姆我又打聽他的情況，人家告訴我，他已被解雇了，此外就誰也不肯再講什麼。昨天，在通往鄰村的路上，我碰見他，與他打招呼，他於是給我講了他的故事。

要是我現在再講給你聽，你將很容易理解，這個故事為何令我感動不已。可是，我幹嘛要講這一切，幹嘛不把所有令我擔憂、令我難受的事情藏在自己心中，而要讓你和我一樣不痛快呢？幹嘛我要給你一次一次機會，讓你來憐憫我，罵我呢？隨它去吧，這也許也是命中註定了的！

經我問起，這青年農民才帶著默默的哀愁——我看還有幾分羞怯——講起他自己的事。但一講開，他就突然像重新認識了自己和我似的，態度變得坦率起來，向我承認了自己的錯誤，並開始抱怨他的不幸。我的朋友，我現在請你來判斷他的每一句話吧！

他承認，不，他是帶著一種回憶往事的甜蜜和幸福的神情在追述，他對自己女東家的感情如何與日俱增，弄到後來六神無主，不知道自己該做什麼，該說什麼。他吃不進，喝不下，睡不著，嗓子眼好似給堵住了一樣。人家不讓他做的事，他做了；人家吩咐他做的事，他又給忘了，恰像有個惡靈附了體。

直到有一天，他知道她在閣樓上，便跟著追了去，或者更確切地說，被吸引了去。由於她怎麼也不聽他的請求，他自己也不知怎麼搞的，竟想對她動起蠻來；不過上帝作證，他對她的存心始終是正大光明的，別無其他欲念，只是想娶她做老婆，讓她和他一起過日子而已。因為已經講了相當久，他開始結巴起來，就像一個還有話講但又不好出口的人似的。

最後，他還是很難為情地向我坦白，她允許了他對自己作一些小小的親熱表示，讓他成為她的知己。他曾兩三次中斷敘述，插進來反覆申辯說，他講這些不是想敗壞她的名譽；他並且表示，他仍像過去一樣地愛她，尊重她，要不是為了叫我相信他並非完全是個頭腦發昏的傢伙，他才不會把這些事洩漏出來吶。

喏，好朋友，我又要重彈我永遠彈不厭的老調子；要是我能讓你想像出這當時站在我跟前、眼下也仍像站在我跟前的人是個啥樣子，那該多好呵！要是我能正確地講述一切，讓你感覺出我是如何同情他的命運，不得不同情他的命運，那該多好呵！總之，由於你瞭解我的命運，也瞭解我本人，你就會十分清楚地知道，是什麼使我的心向著一切不幸者，尤其是這個不幸的青年農民。

我在重讀此信時，發現忘記了講故事的結尾；而結尾如何，是很容易猜想的。女東家沒有同意他，她的兄弟也插了手。此人早就恨他，早就巴不得把他攆走，生怕自己姐姐一改嫁，他的孩子們就會失去財產繼承權；她本身沒有子女，所以他們眼下是大有望頭的。

這位舅老爺不久便趕走了年輕人，並且大肆張揚，鬧得女東家本人即便再想找他回去也不可能了。眼下她已另雇了一個長工；而為著這個長工，據說她又和自己的弟弟吵翻了，人家斷定她會嫁給他，可她弟弟卻死活不答應。

我對你講的一切絕無誇大，絕無塗脂抹粉；相反，倒可以說講得不好，不來勁，而且是用我們聽慣了的無傷大雅的語言在講，也就失去了原有的情致。

這樣的愛情，這樣的忠心，這樣的熱誠，才不是詩人杜撰得出來的哩！如此純真的情感，只存在於那個被我們稱為沒教養的、粗魯的階級中。我們這些有教養的人，實際上是被教養成了一塌糊塗的人！

畢恭畢敬地讀讀這個故事吧，我求你。今天我由於寫下了它，心情格外平靜；再說，你從我的字跡也看得出，我可不是像平時那樣心慌意亂，信手塗鴉的呵。讀吧，親愛的威廉，並且在讀的時候想著，這也是你的朋友的故事。可不是麼，我過去的遭遇和他一樣，將來也會一樣；只是我不如這個窮苦的不幸者一半勇敢，一半堅決，我幾乎沒有拿自己與他相比的勇氣。

九月五日

她的丈夫在鄉下辦事，她寫了一張便條給他，開頭一句是：「親愛的，我的好人，你趕快回來吧，我懷著無比的喜悅期待著你。」碰巧一位朋友帶來消息，說他有些事務未了，不能馬上回來。這樣字條便一直擺在桌上，當晚落到了我的手裡。我讀著讀著就微笑了。她問我笑什麼。

「人的想像力真是神賜的禮物。」我脫口說出，「我有一會兒恍忽覺得，它就是寫給我的。」

她聽了不再言語，樣子似乎不高興，我也只好沉默下來。

九月六日

我好不容易才下定決心，脫掉我第一次帶綠蒂跳舞時穿的那件青色燕尾服；它式樣簡樸，穿到最後簡直看不得了。

我又讓裁縫完全照樣做了一件，同樣的領子，同樣的袖頭，再配上一式的黃背心和黃褲子。可新做的總不能完全稱我的心。我不知道……我想，過段時間也許會好一點吧。

九月十二日

為了接阿爾伯特，她出門去了幾天。今天我一跨進她房間，她便迎面走來，我於是高高興興地吻了她的手。從鏡臺旁飛來一隻金絲雀，落在她的肩上。

「一個新朋友，」她一邊說，一邊把雀兒逗到她手上，「是送給小傢伙們的。你瞧多可愛！你瞧！每次我餵牠麵包，牠都撲打雙翅，小喙兒啄起來可真靈巧。牠還和我接吻哩，你瞧！」

她說著便把嘴唇伸給金絲雀，這鳥兒也將自己的小喙子湊到她的芳唇上，彷彿確曾感受到了自己所享受的幸福似的。

「讓牠也吻吻你吧。」綠蒂道，同時把金絲雀遞過來。

這鳥喙兒在她的嘴唇和我的嘴唇之間起了溝通作用，和牠輕輕一接觸，我彷彿就吸到了她的芳澤，心中頓時充滿甜美無比的預感。

「牠和你接吻並非毫無貪求，」我說：「牠是在尋找食糧，光親熱一下會令牠失望而去的。」

「牠也從我嘴裡吃東西。」她說。——她真就用嘴唇銜著幾片麵包屑遞給牠；在她那嘴唇上，洋溢著最天真無邪和愉快幸福的笑意。

我轉開了臉。她真不該這樣做啊！不該用如此天真無邪而又令我銷魂的場面，來刺激我的想像力，把我這顆有時已由生活的淡漠搖得入睡了的心重又喚醒！——為什麼不該呢？——她是如此信賴我！我知道，我是多麼愛她！

九月十五日

我真給氣瘋了，威廉，世上還有點價值的東西本已不多，可是人們仍不懂得愛護珍惜。

你知道那兩株美麗的胡桃樹，那兩株我和綠蒂去拜訪一位善良的老牧師時曾在它們底下坐過的胡桃樹！一想到這兩株樹，上帝知道，我心中便會充滿最大的快樂！它們把牧師家的院子變得多麼幽靜，多麼蔭涼呵！它們的枝幹是那樣挺拔！看著這兩株樹，自然便會懷念許多年前栽種它們的那兩位可敬的牧師。鄉村學校的一個教員向我們多次提到他倆中一位的名字，這名字還是他從自己祖父口裡聽來的。人都講，這位牧師是個很好的人；每當走到樹下，你對他的懷念便會顯得神聖起來。

告訴你，威廉，當我們昨天談到這兩株樹已給人砍了的時候，教員就已眼淚汪汪的。砍掉了！我氣得幾乎發瘋，恨不能把那個砍第一斧頭的狗東西給宰啦。說到我這個人，那真是只要看見自己院子裡長的樹中有一棵快老死了，心裡也會難過得要命。可也有一件，親愛的朋友，人們到底還是有感情的！全村老小都抱怨連天；我真希望牧師娘子能從奶油、雞蛋以及其他東西上感覺出，她給村子造成了多大的傷害。因為這個新牧師的老婆（我們的老牧師已經去世），一個瘦削而多病的女人，她有一切理由不喜歡這個世界，世人中也沒有一個喜歡她；而她正是砍樹的罪魁。

這個自命博學的蠢女人，她還混在研究《聖經》的行列裡，起勁地要對基督教進行一次新式的、合乎道德的改革，對拉瓦特爾的狂熱不以為然；她的健康狀況糟透了，因此在人世上全無歡樂可言。也只有這樣一個傢伙，才可能幹出砍樹的勾當來。

你瞧我這氣真是平不了啦！試想一想，就因為什麼樹葉掉下來會弄髒弄臭她的院子，樹頂會擋住她的陽光，還有胡桃熟了孩子們會扔石頭去打等等，據說這些都有害於她的神經，妨礙她專心思考，妨礙她在肯尼柯特[30]、塞姆勒[31]和米夏厄里斯[32]之間進行比較權衡。我看見村民們特別是老人如此不滿，便問：「你們當時怎麼竟聽任人家砍了呢？」

他們回答：「在我們這地方，只要村長想幹什麼，你就毫無辦法。」

可有一點倒也公平，牧師從自己老婆的怪癖中從未得到過甜頭，這次竟想撈點好處，打算與村長平分賣樹的錢；誰知鎮公所知道了說，請把樹送到這兒來吧！因為鎮公所對長著這兩棵樹的牧師宅院從來就擁有產權，便將它們賣給了出價最高的人。樹反正砍倒啦！呵，可惜我不是侯爵！否則我真想把牧師娘子、村長和鎮公所統統給……侯爵！……可我要真是侯爵，哪兒還會關心自己領地內的那些樹啊？

30 肯尼柯特（Benjamin Kennikot，一七一八—一七八三）英國神學家。
31 塞姆勒（Johann Salomo Semler，一七二五—一七九一），德國新教神學家。
32 米夏厄里斯（Johann David Michaelis，一七一七—一七九一），德國神學家和東方學家。

十月十日

每當我看見她那雙黑眼睛，我心中便十分快樂！使我感到不安的是，阿爾伯特似乎並不那麼幸福，不像他希望……，不如我自以為會……，要是我……我本不愛用刪節號，但在這兒沒有其他辦法表達自己的意思；即使如此，我想也說得夠清楚了。

十月十二日

莪相已從我心中把荷馬排擠出去。這位傑出的詩人領我走進了一個何等樣的世界呵！我漂泊在荒野裡，四周狂風呼嘯，只見在朦朧的月光下，狂風吹開瀰漫的濃霧，現出了先人的幽靈。我聽見從山上送來的林濤聲中，夾雜著洞穴裡幽靈們的咽哭聲，以及在她的愛人——那高貴的戰死者長滿青苔的墳塋上哭得死去活來的少女的泣訴。

驀然間，我瞅見了他，瞅見了在荒野裡尋覓自己祖先的足跡的白髮行吟詩人。可他找到的，唉，卻只是他們的墓碑。隨後，他嘆息著仰望夜空中燦爛的金星，發現它正要沉入波濤洶湧的大海，而往昔的時光便活現在他英雄的心中；要知道這和藹的星光也曾照臨過勇士們的險途，這明月也曾輝耀過他們凱旋歸來時紮著花環的戰船啊。

在白髮詩人的額間，我發現了深深的苦悶；我看見這最後一位孤獨的偉人，他正精疲力竭地向著自己的墳墓蹣跚行去，一邊不斷從已故親人的虛幻無力的存在中吸取令人感到灼痛的歡樂，俯視著冰冷的土地和在狂風中搖曳不定的深草，一邊口裡呼道：「有個漂泊者將會來到，他曾見過我的美好青春；他將會問：『那位歌手在哪裡？芬戈[33]傑出的兒子在哪裡？』他的腳步將踏過我的墳頭，他將在大地上四處將我尋索，但卻找不著我。」

啊，朋友！我真願像一位忠誠的衛士拔出劍來，一下子結果我這位君王的性命，以免除他慢慢死去的痙攣的痛苦，然後再讓我的靈魂去追隨這位獲得解放的半神。

33 芬戈（Fingoi）相傳為三世紀時的蘇格蘭國王，根說莪相是他的兒子。

十月十九日

多麼空虛啊！我的胸口裡覺得可怕的空虛！——我常常想，哪怕你能把她擁抱在心口一次，僅僅一次，這整個的空虛就會填滿了。

十月廿六日

是的，好朋友，我將會確信，越來越確信，一個人生命的價值是很少的，非常非常少！

一個女朋友來看綠蒂，我便退到隔壁房間，拿起一本書來讀，卻讀不進去，隨後又取過一枝筆想寫點什麼。這當兒，我聽見她們在低聲交談，相互報告一些不足道的事，無外乎誰誰結了婚，誰誰生了病、病得很重之類的本地要聞。

「她現在老是乾咳，臉上顴骨這麼高，還常常暈倒，我看是活不長嘍。」客人說。

「那個N．N的情況也一樣糟。」綠蒂應著。

「他已經浮腫了。」客人又講。

聽她倆這麼聊著，我在想像中已去到那兩個可憐人的病榻前，看見他們如何苦苦掙扎，留戀生命，如何……

可是，威廉呵，我這兩位女士卻滿不在乎地談著他們，就像談一個素不相識者快死了似的！

我還顧四周，打量著我所在的房間，打量著放在這兒那兒的綠蒂的衣物，阿爾伯特的文書，以及這些我現在已經十分熟悉的傢俱，乃至這個墨水池，心裡不禁就想：瞧，你現在對這個家庭有多麼重要啊！太重要了！你的朋友們敬重你。你常常給他們快樂；而你的心裡也覺得，似乎離了他們你就活不下去。可是──你要是這會兒走了，從他們的圈子裡消失了，他們又將過多久才會感到失去了你給他們的生活造成的缺陷呢？多久？

唉，人生才叫無常呵！他甚至在對自己的存在最有把握的地方，在留下了他存在的惟一真實印記的地方，在他的親愛者的記憶中，在他們的心坎裡，也註定了要熄滅，要消失，而且如此的快！

十月廿七日

人對人竟如此地缺少價值，一想起來，我常常恨不得撕破自己的胸膛，砸碎自己的腦袋。

唉，要是我不帶來愛情、歡樂、溫暖和幸福，人家就不會白白給我；另一方面，就算我心裡充滿了幸福，也不能使一個冷冰冰地、有氣無力地站在我面前的人幸福啊。

同日晚

我具有再多精力，也會被對她的熱情吞噬掉；我具有再多天賦，沒有她，一切都將化作烏有。

十月三十日

我已有上百次幾乎就要擁抱她了！偉大的主知道，當一個人面前擺著那麼可愛的東西而又不能伸出手去攫取時，他心頭會多難受。攫取本是人類最自然的欲望。嬰兒不總是伸出小手抓他們喜愛的一切麼？——可我呢？

十一月三日

上帝知道，我在上床時常常懷著這樣一種希冀，是的，有時甚至是渴望，不要再醒來了吧！——因此，第二天，當我早上睜開眼睛又見到太陽時，心裡便異常難受。唉，要是我在心緒不佳時能怪天氣，怪第三者，怪一件沒做成功的事情，那也倒好，我身上的難受勁兒定會減少一半。多可悲啊，我的感覺千真萬確，一切的過錯全在我自己！——不，不是過錯。

總之，正如一度一切幸福的根源全存在於我本身，現在一切痛苦的根源也在我自己身上。當初，我滿心歡喜地到處遊逛，走到哪兒，哪兒就變成了天國，心胸開闊得可以容下整個宇宙，難道這個我不是同一個人麼?可如今，這顆心已經死去，從中再也湧流不出欣喜之情，我的眼睛枯澀了，再也不能以瑩潔的淚水滋潤我的感官；我的額頭更是可怕地皺了起來。我痛苦之極，我已失去自己生命中惟一的歡樂，惟一神聖的、令我振奮的力量，我用它來創造自己周圍的世界的力量，這力量業已消逝！

我眺望窗外遠處的山崗，只見日光刺破崗上的濃霧，灑布在下面靜靜的草地上；在已經落葉的柳絲間，一條蜿蜒曲折的小河緩緩向我流來……呵，要是這如此美好的景色已像一幅漆畫似的在我眼前凝滯不動，不能再娛悅我心，使它產生出絲毫的幸福感覺，那我這整個人在上帝面前不就成了一口乾涸的水井，一隻破底兒的水桶麼。我常常撲倒在地，祈求上蒼賜給我眼淚，就像一個頭頂上是鐵青色的天，四周是乾裂的土地的農夫在祈雨一樣。

但是，唉，我感覺到，上帝絕不會因為我們拼命哀求就賜給我們雨水和陽光！可那些我一回首就心裡難過的過去的時光，它們為何又如此幸福呢？是因為那時我十分耐心地期待著他的精神來感召我，滿懷感激地、專心一意地接受著他傾注到我身上的歡愉。

十二月八日

她責備我不知節制！啊，態度是如此溫柔，親切！說我不該每次一端起酒杯來就非喝一瓶不可。

「別這樣，」她說：「想想你的綠蒂吧！」

「想！」我反駁道：「還用得著你叫我想嗎？我在想啊！——不只是想！你時刻都在我的心中。今天，我就坐在你不久前從馬車上下來的那個地方……」

她引開話題，不讓我講下去。

好朋友，我算完了！她想怎樣處置我，就可以怎樣處置。

十一月十五日

我感謝你，威廉，感謝你對我真誠的同情，感謝你的忠告；我請你放心。讓我忍受下去吧，我儘管疲憊不堪，仍然有足夠的力量支撐到底。我尊重宗教信仰，這你知道；我覺得，它是某些虛弱者的拐杖，奄奄一息者的振奮劑。不過，它難道能夠對人人都起這個作用麼？必須對人人都起這個作用麼？要是你看一看這個廣大的世界，你就會發現有成千上萬的人，對於他們來說宗教信仰並非如此，而且將來也不會如此，無論是舊教還是新教。

難道我就非有宗教幫助不可麼？聖子耶穌自己不是說過，只有那些天父交給他的人，才能生活在他周圍麼？要是天父沒有把我交給他怎麼辦？要是如我的心所告訴我，天父希望把我留給自己怎麼辦？——我請你別誤解我，別把這些誠心誠意的話看成是諷刺。我是在對你披肝瀝膽，否則我就寧可沉默；因為，對於這一切大家和我一樣都不甚了然的事情，我是很不樂意開口的。

人不是命中註定要受完他那份罪，喝完他那杯苦酒嗎？既然天堂裡的上帝喝了一口都覺得這酒太苦，我為什麼就得充好漢，硬裝作喝起來甜呢？

此刻，我的整個生命都戰慄於存在與虛無之間，過去像閃電似地照亮了未來的黑暗深淵，我周圍的一切都在沉淪，世界也將隨我走向毀滅；在這樣可怕的時刻，我還有什麼可害羞的呢？那個被人壓迫、孤立無助、註定淪亡的可憐蟲，他在最後一刻不也鼓足力氣從內心深處發出呼喊：「上帝啊，上帝！你幹嘛拋棄我？」[34]那麼，我為何就該羞於流露自己的情感，就該害怕這位把天空像手帕一樣捲起的神之子尚且不免的一刻呢？

34據基督教聖經載，這是耶穌被釘上十字架時講的話。

十二月廿一日

她看不出，她感覺不到，她正在釀造一種將把我和她自己都毀掉的毒酒；而我呢，也滿懷欣喜地接過她遞過來置我於死地的酒杯，一飲而盡。為什麼她要常常——常常嗎？不，也不常常，而是有時候——，為什麼有時候她要那麼溫柔地望著我，要欣然接受我下意識的情感流露，要在額頭上表現出對我的痛苦的同情呢？

昨天，當我離開時，她握著我的手說：「再見，親愛的維特！」親愛的維特！這是破天荒第一次她叫我作親愛的，叫得我周身筋骨都酥軟了。我把這句話重複了無數次，等到夜裡要上床睡覺時，還自言自語叨咕了半天，最後竟冒出一句：

「晚安，親愛的維特！」說罷，自己禁不住笑起自己來。

十一月廿二日

我不能向上帝祈禱：「讓她成為我的吧！」儘管如此，我卻常常覺得她就是我的。我不能祈禱：「把她給我吧！」因為她屬於另外一個人。我常常拿理智來克制自己的痛苦；可是，我一鬆懈下來，就會沒完沒了地反駁自己的理智。

十二月廿四日

她感覺到了我是多麼痛苦。今天她對我的一瞥，深深地打動了我的心。當時我發現只有她一個人在；我沉默無語，她也久久地望著我。如今，我在她身上已見不到動人的嫵媚，見不到智慧的光輝；這一切在我眼前業已消失。她現在打動我的，是一種美好得多的目光，是一種飽含著無比親切的同情、無比甜蜜的憐憫的目光。

為什麼我不可以跪倒在她腳下呢？為什麼我不可以摟住她的脖子，以無數的親吻來報答她呢？

為了避開我的盯視，她坐到鋼琴前，伴著琴聲，用她那甜美、低婉的歌喉，輕輕唱起了一支和諧的歌。

我從來還未看見她的嘴唇如此迷人過；它們微微翕動著，恰似正在吸吮那像清泉般從鋼琴中湧流出來的一串串妙音；同時，從她的玉口內，也發出神奇的迴響。

——是的，要是我能用言語向你說清這情景就好了！——我再也忍不住，便彎下腰去發誓說：可愛的嘴唇啊，我永遠也不會冒昧地親吻你們，因為你們是天界神靈浮泛的所在啊！——然而……我希望……哈，你瞧，這就像立在我靈魂前面的一道高牆……為了幸福，我得翻過牆去……然後下地獄補贖罪過！——罪過？

十一月廿六日

我有時對自己講：「你的命運反正就這樣了；祝禱別人都幸福吧——還從來沒誰像你這樣受過苦喲。」隨後，我便讀一位古代詩人[35]的作品，讀著讀著，彷彿窺見了自己的心。

我要受的罪真是太多了！唉，難道在我以前的人們都這樣不幸過麼？

35 指莪相。

十一月三十日

不，不，我註定振作不起來了！無論我走到哪裡，都會碰見叫我心神不定的事情。比如今天吧！呵，命運！呵，人類！

正午時分，我沿著河邊散步，沒有心思回去吃飯。四野一片荒涼，山前刮來陣陣濕冷的西風，灰色的雨雲已經竄進峽谷裡邊。遠遠地，我瞅見一個穿著件破舊的綠色外套的人，在岩石間爬來爬去，像是正在採摘野花似的。

我走到近旁，他聽見腳步聲便轉過頭來，模樣十分怪異。臉上最主要的神情是難言的悲哀，但也透露著誠實與善良。黑色的頭髮用簪子在腦頂別成了兩個捲兒，其餘部分則編成一條大辮子拖在背後，看衣著是個地位低微的人。我想，他對我去過問他的事是不會見怪的，因此便與他搭起話來，問他找什麼。

「找花唄，」他深深地嘆了一口氣，回答說：「可一朵也找不著。」

「眼下可不是找得到花的季節啊。」我說著微笑了。

「花倒是多得很，」他邊講邊向我走下來，「我家的園子裡，長著玫瑰和兩種忍冬花，其中一種是我爹送我的，長起來就跟野草一般快，我已經找了它兩天，就是找不著。這外邊也總開著花，黃的，藍的，紅的，還有那矢車菊的小花兒才叫美呢。不知怎的我竟一朵也找不到……」

我感到有些蹊蹺，便繞個彎兒問：「你要這些花幹嘛呢？」他臉上一抽動，閃過一絲古怪的笑意。

「您可別講出去啊，」說時，他把食指擱在嘴唇上，「我答應了送給我那心上人兒一束花。」

「這很好嘛。」我說。

「呵，」他道：「她有好多好多別的東西，可富著吶。」

「儘管這樣，她還是一定喜歡您這束花。」我應著。

「呵，」他接著講：「她有許多寶石，還有一頂王冠。」

「她叫什麼來著？」

「唉，要是聯省共和國[36]雇了我，我就會是另一個人啦！」他說：「可不，有一陣子，我過得挺不錯。現在不成了，現在我……」

他眼淚汪汪地抬起頭來望著蒼空，其他一切全明白了。

「這麼說，您也曾經幸福過？」我問。

「唉，要能再像那時候一樣就好嘍！」他回答，「那時候，我舒服，愉快，自由自在，就跟水中的魚兒似的！」

「亨利希！」這當兒一個老婦人喊著，循著大路走來，「亨利希，你在哪兒？我們到處找你，快回家吃飯吧！」

「他是您的兒子嗎？」我走過去問。

「可不，我的可憐的兒子！」她回答，「上帝罰我背了一個沉重的十字架啊。」

「他這樣多久了？」我問。

36 聯省共和國（die Ceneralstaaten），即十六世紀資產階級革命成功後的尼德蘭（今荷蘭），當時在德國人心目中是最富有的國家。

「像這樣安靜才半年，」她說：「就這樣還得感謝上帝。從前他一年到頭都大吵大鬧的，只好用鏈子鎖在瘋人院裡。現在不招惹任何人了，只是還經常跟國王和皇帝們打交道。從前，他可是個又善良又沉靜的人，能供養我，寫得一手好字；後來突然沉思默想起來，接著又發高燒，高燒過後便瘋了；現在便是您看見的這個樣子。要是我把他的事講給您聽，先生……」

我打斷她滔滔不絕的話，問：

「他說他曾經有一段時間很自在，很幸福，這指的是怎麼一個時候呢？」

「這傻小子！」她憐憫地笑了笑，大聲說：「他指的是他神志昏亂的那段時間，他常常誇耀它。當時，他關在瘋人院裡，精神完全失常了。」

這話於我猶如一聲霹靂，我塞了一枚銀幣在老婦人手裡，倉皇逃離了她的身邊。

「你那時是幸福的呵！」我情不自禁地喊著，快步奔回城去。

「那時候，你自在得如水中的游魚！——天堂裡的上帝，難道你註定人的命運就是如此：他只有在具有理智以前，或者重新喪失理智以後，才能是幸福的麼？——可憐的人！但我又是多麼羨慕你的精神失常，知覺紊亂呵！你滿懷著希望到野外來，為你的女王採摘鮮花，在冬天裡！你為採不到鮮花而難過，不理解為什麼竟採不到。而我呢，從家裡跑出來時既無目的，也無希望，眼下回家去時依然如此。你幻想著，要是聯省共和國雇用你，你就將成為一個了不起的人。幸福啊，誰要能把自身的不幸歸因於人世的障礙！你感覺不出，感覺不出，你的不幸原本存在於你破碎的心中，存在於你被攪亂了的頭腦裡；而這樣的不幸，全世界所有的國王也幫你消除不了啊。」

誰要嘲笑一個病人到遠方的聖水泉去求醫，結果反倒加重自己的病痛，使餘生變得更難忍受，誰就不得善終！誰要蔑視一個為擺脫良心的不安和靈魂的痛苦而去朝拜聖墓的人，誰同樣不得善終！

要知道這個朝聖者，他的腳掌在荊棘叢生的道路上踏下的每一步，對他充滿恐懼的靈魂來說是一滴鎮痛劑；他每堅持著朝前走一天，晚上躺下時心裡都更輕鬆得多。——難道你們能把這稱作是妄想麼，你們這些舒舒服服坐在軟墊子上的清談家？——妄想！上帝呵，你看見我的眼淚了吧！你把人已經造得夠可憐了，難道還一定得再給他一些兄弟，讓他們來把他僅有的一點點東西，僅有的一點點對於你這博愛者的信任，也統統奪走麼？要知道對於能治百病的仙草的信任，對於葡萄的眼淚[37]的信任，也就是對於你的信任，相信你能賦予我們周圍的一切以治療疾病和減輕痛苦的力量，而我無時無刻不需要這種力量。我所沒有見過面的父親呵，曾幾何時，你使我的心靈那麼充實，如今卻又轉過臉去不再理我！

父親呵，把我召喚到你身邊去吧，別再沉默無語；你的沉默使我這顆焦渴的心再也受不了啦！難道一個人，一個父親，在自己的兒子突然歸來，摟住他的脖子喊叫「我回來了，父親」的時候，他還能生氣麼？別生氣，如果我中斷了人生旅程，沒有如你所希望的那樣苦捱下去。舉世無處不一個樣，勞勞碌碌，辛辛苦苦，而後才是報酬和歡樂，可這於我有何意義？我只有在你所在之處才會得到安適，我願意到你的面前來吃苦和享樂。——而你，仁慈的天父。難道會拒我於門外麼？

37 指酒。

十二月一日

威廉！我上次信中講的那個人，那個幸福的不幸者，過去就是綠蒂的父親的秘書。他對她起了戀慕之心，先是暗暗滋長著，隱藏著，後來終於表露出來，因此丟掉了差事，結果發了瘋。這段話儘管乾巴巴的，但請你體會一下，這個故事是如何震動了我；我之所以寫成像你讀到的這個樣子，因為阿爾伯特就是這樣無動於衷地給我講的。

十二月四日

我求求你……你聽我說吧，我這個人完了，再也忍受不住了！今天坐在她房裡……我坐著，她彈著琴，彈了各式各樣的曲子，可支支曲子全都觸動了我的心事！全都！全都！……你看怎麼辦？……她的小妹妹在我懷裡扮布娃娃，熱淚湧進我的眼眶。我低下頭，目光落在她的結婚戒指上……我的淚水滾落下來……這當兒，她突然彈起那支熟悉而美妙的曲調，我的靈魂頓時感到極大的安慰，往事立刻一件件浮上心頭，我回憶起了初次聽見這支曲調的美好日子，想到了後來的黯淡時日，想起了最終的不快和失望，以及……我在房裡來回急走。心兒緊迫得幾至於窒息。

「看在上帝份上，」我嚷道，情緒激動地衝她跑去，「看在上帝份上，別彈啦！」

她停下來，怔怔地望著我。

「維特，」她笑吟吟地說，這笑一直刺進了我心裡，「維特，你病得很厲害啊，連自己最喜愛的東西也討厭起來了。回去吧，我求你安靜安靜！」

我一下從她身邊跑開，並且……

上帝呵，你看見了我的痛苦，請你快快結束它吧。

十二月六日

她的形象四處追逐著我！不論我醒著還是做夢，都充滿我整個的心靈！現在，當我閉上雙眼，在這兒，在聚集著我的內視力的額頭中，便顯現出她那雙黑色的明眸來。就在這兒啊！我無法向你表達清楚。每當我一合上眼，它們就出現在這裡，在我面前，在我心中，靜靜地如一片海洋，一道深谷，填滿了我額頭裡的所有感官。

人，這個受到讚美的半神，他究竟算什麼！他不是在正好需要力量的當兒，卻缺少力量麼？當他在歡樂中向上飛升，或在痛苦中向下沉淪時，他都渴望自己能融進無窮的宇宙中去，可偏偏在這一剎那，他不是會受到羈縻，重新恢復遲鈍的、冰冷的意識麼？

編者致讀者

從我們的朋友值得注意的最後幾天中，我本來非常希望有足夠多的第一手資料留下來，這樣，我就沒必要在他遺留下來的書信中間，再插進自己的敘述了。

我竭盡全力從瞭解他經歷的人們口中搜集確切的事實；他的故事很簡單，人們講的全都大同小異，不一樣的只是對當事者們思想性格的說法和評議。剩下來由我們做的，只是把經過反覆努力才打聽到的情況認真敘述出來，把死者留下的幾封信插入其中，對找到的哪怕一張小紙片也不輕易放過；要知道事情是出在一些異乎尋常的人們中間，所以即使某個單獨的行為的真正動機，要想揭示出來也極不容易。

憤懣與憂鬱在維特心中越來越深地紮下了根，兩者緊緊纏繞在一起，久而久之就控制了他的整個存在。他精神的和諧完全被摧毀了，內心煩躁得如烈火焚燒，把他各種天賦的力量統統攪亂，最後落得個心力交瘁。

為了擺脫這苦境，他拼命掙扎，做出了比過去和種種災禍作鬥爭時更大的努力。內心的憂懼消耗了餘下的精神力量，他不再生氣勃勃，聰敏機靈，變成了一個愁眉苦臉的客人，因此越發不幸，越發不幸又變得越發任性起來。至少阿爾伯特的朋友們是這樣講的，他們認為，維特像個一天就把全部財產花光、晚上只好吃苦挨餓的人，他對終於獲得渴望已久的幸福的那個真誠穩重的丈夫，以及他力圖在將來仍保持這個幸福的行為，都不能作出正確評價。

他們說，阿爾伯特在這麼短的一段時間裡沒有變，他仍然是維特一開始所認識、器重和尊敬的那樣一個人。他愛綠蒂超過一切，他為她感到驕傲，希望別人都承認她是最最可愛的女性。他不希望自己和她之間出現任何猜疑的陰影，他不樂意和任何人哪怕以最無邪的方式，僅僅在一瞬間共同佔有這個寶貝，難道因此就能責怪他不成？他們承認，當有維特在他妻子房中的時候，阿爾伯特常常就走開了；但他這樣做不是出於對朋友的敵視和反感，而只是因為他感覺到，他在跟前，維特總是顯得局促不安。

綠蒂的父親染了病，只能躺在家裡；他給她派來一輛馬車，她便坐著出城去了。那是個美麗的冬日，剛下過一場大雪，田野全給蓋上了白被。

維特次日一早就跟了去，以便在阿爾伯特不去接綠蒂的情況下，自己陪她回來。

晴朗的天氣也很少改變他陰鬱的情緒，他的心總感覺壓抑難受，老有些可悲的景象縈繞在眼前，腦子裡不斷湧現出一個接一個的痛苦念頭。

正如他始終對自己不滿一樣，別人的情況在他看來也就更加可慮，更加曖昧了。他確信，阿爾伯特夫婦之間的和諧關係已遭破壞，為此他不但自責，還暗暗地埋怨身為丈夫的阿爾伯特。

途中，他的思緒又回到了這個問題上。

「是啊，是啊，」他自言自語說，暗暗還在咬牙切齒，「這就叫親切的、和藹的、溫柔的、富於同情心的態度！這就叫默默無言的、持久不變的忠誠！不，這是厭倦與冷漠！不是任何一件無聊的瑣事，都比他忠實可愛的妻子更吸引他麼？他知道珍惜自己的幸福嗎？他知道給予她應得的尊重嗎？可是，她好歹已是他的人，她好歹……我知道這個，我還知道別的事情；我已經慣於這樣想，他將使我發瘋，他還要結果了我。——他對我的友誼經得起考驗嗎？他不是已將我對綠蒂的眷戀視為對自己權利的侵犯麼？將我對綠蒂的關心，視為對他的無聲的譴責麼？我清楚知道，我感覺得出來，他不樂意看見我，他希望我走，我在這兒已成了他的累贅。」

維特一次一次放慢腳步，一次次停下來，站著發呆，看樣子已打算往回走了。然而，他終究還是繼續往前走去，邊走邊思索，邊走邊嘮叨，最後像是很不情願地走到了獵莊門前。他跨進大門，打聽老人和綠蒂在哪裡，發現屋子裡的人都有些激動。最大的一個男孩告訴他，瓦爾海姆那邊出了事，一個農民給人打死了！——這個新聞沒有給維特留下多少印象。他走進裡屋，發現綠蒂正在極力勸自己的父親，叫老人不要拖著有病的身子去現場調查那件慘案。凶手是誰尚不得而知。有人早上在門口發現了受害者的屍體，估計就是那位寡婦後來雇的長工；她先前雇的那個是在心懷不滿的情況下離開的。

維特一聽馬上跳了起來。

「完全可能！」他叫道：「我得去看看，一秒鐘也不能等。」

他匆匆忙忙向瓦爾海姆奔去，途中，一樁樁往事又歷歷在目。他一刻也不懷疑，肇事者就是那個多次與他交談、後來簡直成了他知己的年輕人。

要走到停放屍體的那家小酒館去，他必須從那幾株菩提樹下經過。一見這個曾經極為可愛的所在如今已面目全非，他心中不由一震。鄰家孩子們常常坐在上面遊戲的那道門檻，眼下是一片血污。愛情與忠誠這些人類最美好的情操，已經蛻變成了暴力和仇殺。高大的菩提樹沒有葉，覆著霜；以前在公墓的矮牆上形成一片穹頂的美麗樹籬如今光禿禿的，蓋著雪的墓碑便從空隙中凸露出來。

正當他走攏全村人都聚在跟前的小酒店的時候，突然騰起一陣喧鬧。人們看見遠遠走來一隊武裝漢子，便異口同聲喊著：「抓到啦！抓到啦！」——維特也朝那邊望去，頓時便看得一清二楚：是他！是這個愛那位寡婦愛得發狂的青年長工；前不久，他帶著一肚子氣惱，垂頭喪氣地四處徘徊，維特還碰見過他。

「瞧你幹的好事，不幸的人呵！」維特嚷叫著，向被捕者奔去。

這人呆呆地瞪著他，先不言語，臨了卻泰然自若地答道：「誰也別想娶她，她也別打算嫁給任何人。」

犯人被押進了酒店，維特倉皇離去。

這個可怕的、殘酷的經歷，猛地震動了他，使他的心完全亂了。霎時間，他像讓人從自己悲哀、抑鬱和冷漠的沉思中拖了出來，突然為一種不可抗拒的同情心所控制，因而產生了無論如何也要挽救那個人的強烈欲望。他覺得他太不幸了，相信他即使成為罪人也仍然是無辜的。

他把自己完全擺在他的地位上，確信能說服其他人同樣相信他的無辜。他恨不能立刻為他辯護，他的腦子裡已經裝滿有力的證詞；他急匆匆向獵莊趕去，半道上就忍不住把準備向總管陳述的話低聲講了出來。

他一踏進房間，發現阿爾伯特也在場，情緒頓時就低落下來，但是他仍然打起精神，把自己的看法向總管講了一遍，講的時候情緒十分激昂。可總管卻連連搖頭；雖然維特把一個人替另一個人辯護所可能講的全講了，而且講得如此情詞懇切，娓娓動聽，但結果顯而易見，總管仍然無動於衷。他甚至不容我們的朋友把話講完，就給以激烈的駁斥，責怪他不該袒護一個殺人犯！總管教訓他說，依了他，一切法律都得取消，國家的安全就得徹底完蛋。最後，總管還補充：在這樣的事情上，自己除去負起最崇高的職責，一切按部就班、照章行事以外，便什麼都不能幹。

維特還是不甘心，不過只是再懇求老人說，希望他在有人出來幫助罪犯逃跑的情況下，能夠睜一隻眼閉一隻眼！這個請求也遭到總管拒絕。這當兒，阿爾伯特終於插話了，他也站在老頭子一邊，叫維特再也開不得口。維特懷著難以忍受的痛苦走出房去，在此之前，總管一再告訴他：「不，他沒有救了！」

這句話給了他多麼沉重的打擊，我們可以從一張顯然是他當天寫的字條看出來。我們在他的文書中找到了這張字條，上面寫道：

「你沒有救了，不幸的朋友！我明白，咱們都沒有救了！」

至於阿爾伯特最後當著總管講的關於罪犯的一席話，維特聽了更是反感之極，甚至還以為發現了有幾處影射自己的地方。因此，儘管他以自己的聰明，經過反覆考慮，不至於看不出這兩位的話可能有道理，他卻不願意承認這一點，似乎對他來說，一承認就意味著背棄自己的本性。

從他的文書中，我們還發現另一張字條，與這個問題有著關係，也許它能把維特對阿爾伯特的態度充分洩露給我們吧：

「有什麼用呢，儘管我反反覆覆地告訴自己，對自己講：他是個好人，正派人！可是，我心亂如麻，叫我怎麼公正得了呵。」

在一個溫和的傍晚，雪已經開始消融，綠蒂隨阿爾伯特步行回城去。途中，她東瞅瞅，西望望，像是少了維特的陪伴，心神不定似的。阿爾伯特開始談他，在指責他的同時，仍不忘替他講幾句公道話。他談到他那不幸的熱情，希望能夠想辦法讓他離開。

「為了我們自己，我也希望這樣。」他說。「另外，我請求你，」他接著講，「想法使他對你的態度改變一下，別讓他這麼老來看你。人家會注意的；再說據我瞭解，這兒那兒已有人在講閒話啦。」

綠蒂默不作聲，阿爾伯特似乎品出了她這沉默的味道，至少從此再沒對她提到過維特，甚至當她自己再提到維特時，他也立刻中止談話，要不就把話題引到一邊去。

維特為救那個不幸者所做的無望的努力，是一股行將熄滅的火苗兒的最後一次閃動，自此，他便更深地沉浸在痛苦與無為中。特別是當他聽說，法庭也許會傳他去當證人，證明那個如今矢口否認自己罪行的青年確實有罪的時候，他更是氣得快要瘋了。

他在實際生活中遭遇的種種不快，在公使館裡的難堪，以及一切的失敗，一切的屈辱，這時都統統在他心裡上上下下翻騰開來。這一切的一切，都使他覺得自己的無所作為就是應該。他發現自己毫無出路，連賴以平平庸庸地生活下去的本領也沒有。結果，他便一任自己古怪的感情、思想以及無休止的渴慕的驅使，一個勁兒和那位溫柔可愛的女子相周旋，毫無目的的、毫無希望地耗費著自己的精力，既破壞了人家的安寧，又苦了自己，一天一天向著可悲的結局靠近。

下邊我編進他遺留下來的幾封信。他的迷惘，他的熱情，他的無休止的嚮往與追求，以及他對人生的厭倦，統統將從這幾封信得到有力的證明。

十二月十二日

親愛的威廉，目前我處於一種坐臥不安的狀態，就像人們說的那些被惡鬼驅趕著四處遊蕩的不幸者一樣。有時，我心神不定；這既非恐懼，也非渴望，而是一種內心的莫名的狂躁，幾乎像要撕裂我的胸脯，扼緊我的喉嚨！難過喲，難過喲！於是，我只好奔出門來，在這嚴冬季節的可怕的夜裡瞎跑一氣。

昨天晚上，我又不得不出去。其時適逢突然的融雪天氣，我聽見河水在氾濫，一道道小溪在激漲，雪水從瓦爾海姆方向流來，竄進了我那可愛的峽谷裡。夜裡十一時我跑出家門。只見狂暴的山洪捲起漩渦，從懸崖頂上直沖下來，漫過田疇、草場、園籬和野地裡的一切，把開闊的谷地變成了一片翻騰的海洋，狂風同時發出呼嘯，那景象怕人極了！尤其是當月亮重新露出臉來，靜靜地枕在烏雲上，我面前的激流在它可怖而迷人的清輝映照下，翻滾著，咆哮著，我更是不寒而慄，心中冷不防產生一個欲望！

我面對深淵，張開雙臂，心裡想著：跳下去吧！跳下去吧！要是我能帶著自己的不幸和痛苦，像奔騰的山洪似地衝下懸崖峭壁，這將是何等痛快喲！唉，我卻抬不起腿來，沒有把所有的苦難一舉結束的勇氣！——我的時辰還沒有到，我覺著威廉啊，我真恨不得跟狂風一塊兒去驅散烏雲，去遏止激流，哪怕為此得付出我的生命！唉，也許連這樣的歡樂也不容一個遭受囚禁的人得到吧？

俯瞰著我有次散步時曾與綠蒂一起去過的小草坪，俯瞰著那株我倆曾在下邊坐過的老柳樹，我心裡非常難過——草坪也被水淹了，老柳樹也幾乎認不出來了，威廉！

「還有她家的那些草地，還有她家周圍的整個地區！」我想，「我們的小亭子這會兒準讓激流毀得面目全非了吧！」

想到此，一線往昔的陽光射進了我的心田，宛如一個囚人夢見了羊群，夢見了草地，夢見了榮耀的升遷一般！——我挺立著，不再罵自己沒有死的勇氣。我本該……

唉，我現在又坐在這兒，恰似個從籬笆上拾取爛柴和沿門告化的窮老婆子，苟延殘喘，得過且過，毫無樂趣。

十二月十四日

怎麼回事，好朋友？我竟自己害怕起自己來了！難道我對她的愛，不是最神聖、最純潔、最真摯的愛麼？難道什麼時候我心中懷有過該受懲罰的欲念麼？——我不想起誓……可現在這些夢！呵，那班相信鬼神能跟我們搗亂的人，他們是太正確了！這一夜——講起來我的嘴唇還在哆嗦——這一夜我把她摟在懷裡，緊緊貼在自己心口，用千百次的親吻堵住她那說著綿綿情話的嘴；我的目光完全沉溺在她那醉意朦朧的媚眼中！主啊，我在回憶這令人銷魂的夢境時，心中仍感到幸福，這難道也該受罰麼？

綠蒂呵，綠蒂呵！——我已經完了！我神志昏亂，八天來一直糊裡糊塗，眼睛裡滿是淚水。我到哪兒都不自在，又到哪兒都感到自在。我無所希望，無所欲求。看起來，我真該走了。

這期間，在上述的情況下，辭世的決心在維特的腦子裡越來越堅定。自從回到綠蒂身邊，他就一直把這看作最後的出路和希望；不過他對自己講，不應操之過急，不應草率行事，必須懷著美好的信念，懷著盡可能寧靜的決心，去走這一步。

下面這張在他的文稿中發現的紙條，看來是一封準備寫給威廉的信，剛開了頭，還不曾落日期。從這則殘簡中，可以窺見他的動搖和矛盾心情：

她的存在，她的命運以及她對我的命運的關切，從我業已乾枯的眼裡擠壓出了最後的幾滴淚水。

揭開帷幕，走到幕後去吧！一了百了，幹嘛還遲疑畏縮啊！因為不知道幕後是個什麼情形麼？因為這一去便回不來了麼？也許還因為我們的靈智慧預感到，那後邊只有我們一無所知的黑暗和混沌吧。

維特終於和這個陰鬱的念頭一天天親密起來，決心便更堅定、更不可改變了。下面這封他寫給自己友人的意義雙關的信，提供了一個證明。

十二月二十日

我感謝你的友情，威廉，感謝你對那句話作了這樣的理解。是的，你說得對：我真該走了。只是你讓我回到你那兒去的建議，不完全合我的心意；無論如何我還想兜個圈子，尤其是天氣還有希望冷一段時間，眼看路又會變得好走起來。

你來接我，我當然很感激，只是請你再推遲兩個禮拜，等接到我的下一封信再說吧，千萬別果子沒熟就摘啊。而兩個禮拜左右可以幹很多事情。請告訴我母親，希望她替自己的兒子祈禱；為了我帶給她的所有不快，我求她原諒。我命中註定了，要使那些我本該使他們快樂的人難過。別了，我的好朋友！願老天多多降福於你！別了！

這段期間綠蒂的心緒如何，她對自己丈夫的感情怎樣，對她不幸的朋友的感情怎樣，我們都不便下斷語；儘管憑著對她的個性的瞭解，我們很可以在私下作出評判，尤其是一顆美麗的女性的心，更可以設身處地，體會出她的感情。

肯定的只是，她已下了決心，要想盡一切辦法打發維特離開。如果說她還有所遲疑的話，那也是出於對朋友的一片好意和愛護；她瞭解，這將使維特多麼難受，是的，在他幾乎就不可能。然而在此期間，情況更加逼迫她認真採取行動；她的丈夫壓根兒不肯再提這事，就像她也一直保持著沉默一樣，而惟其如此，她便更有必要通過行動向他證明，她並未辜負他的感情。

上面引的那封維特致友人的信，寫於耶誕節前的禮拜日。當晚，他去找綠蒂，碰巧只有她一個人在房中，綠蒂正忙著整理準備在耶誕節分送給小弟妹們的玩具。維特說小傢伙們在收到以後一定會高興得什麼似的，並回憶了自己突然站在房門口，看見一棵掛滿蠟燭、糖果和蘋果的漂亮聖誕樹時的驚喜心情。

「你也會得到禮物的，」綠蒂說，同時嫣然一笑，藉以掩飾自己的困窘，「你也會得到禮物，條件是你要很聽話，比如得到一支聖誕樹上的蠟燭什麼的。」

「你說的聽話是什麼意思？」維特嚷起來，「你要我怎麼樣？我能夠怎麼樣？

親愛的綠蒂！」

「禮拜四晚上是聖誕夜，」她說：「到時候我的弟弟妹妹，我的父親都要來這裡，每人都會得到自己的禮品。你也來吧，可是在這之前別再來了。」

維特聽了一怔。

「我求你，」她又說：「事已至此，我求你為了我的安寧，答應我吧；不能，再不能這樣下去了啊。」

維特轉過臉去不看她，自顧自地在房裡來回疾走，透過牙齒縫喃喃道：「再不能這樣下去了！再不能這樣下去了！」

綠蒂感到自己的話把他推進了一個可怕的境界，便提出各式各樣的問題來企圖引開他的思路，但是不成功。

「不，綠蒂，」他嚷道：「我將再也不來見你了！」

「幹嘛呢？」她問，「維特，你可以來看我們，你必須來看我們，只是減少一些就行了。唉，你幹嘛非得生成這麼個急性子，一喜歡什麼就死心眼兒地迷下去！我求你，」她拉住維特的手繼續說：「克制克制自己吧！你的天資，你的學識，你的才能，它們不是可以帶給你各種各樣的快樂麼？拿出男子漢的氣概來！別再苦苦戀著一個除去同情你就什麼也不能做的女孩子。」

維特把牙齒咬得咯吱咯吱響，目光陰鬱地瞪著她。綠蒂握著他的手，說：

「快冷靜冷靜吧，維特！你難道感覺不出，你是在自己欺騙自己，存心把自己毀掉麼！幹嘛一定要愛我呢，維特？我可已是另有所屬啊！幹嘛偏偏這樣？我擔心，我害怕，僅僅是因為不可能實現，才使這個佔有我的欲望對你如此有誘惑力的。」

維特把自己的手從她手裡抽回來，目光定定地，憤怒地瞪著她。

「高明！」他喝道：「太高明了！沒準兒是阿爾伯特這麼講的吧？外交家！了不起的外交家！」

「誰都可能這樣講，」綠蒂回答，「難道世間就沒有一個姑娘合你心意了麼？打起精神去找吧，我發誓，你一定能找到的；要知道，這些時候以來你自尋煩惱，已經早叫我為你和我們擔心了啊。打起精神來！去旅行一下，這將會、一定會使你心胸開闊起來。去找吧，找一個值得你愛的人，然後再回來和我們團聚，共用真正的友誼的幸福。」

「你這一套可以印成教科書，推薦給所有的家庭教師哩。」維特冷笑一聲說：「親愛的綠蒂！你讓我稍稍安靜一下，然後一切都會好了。」

「只是，維特，耶誕節前你千萬別來啊！」

他正要回答，阿爾伯特進屋來了，兩人只冷冷地道了一聲「晚上好」，便並排在房間裡踱起步來，氣氛十分尷尬。維特開始講了幾句無足輕重的話，但很快又沒詞兒了。阿爾伯特也一樣，隨後，他問自己的妻子，是否已經把這樣那樣交給她辦的事辦妥；一聽綠蒂回答還不曾辦妥，便衝她講了幾句在維特聽來不止冷淡，簡直稱得上是粗暴的話。維特想走又不能走，遲遲捱捱地一直到了八點鐘，心裡越來越煩躁，越來越不快。人家已開始擺晚飯，他才拿起自己的帽子和手杖。阿爾伯特邀他留下，他只看作是客套敷衍，冷冷道過一聲謝，便離開了。

他回到家中，從為他照路的年輕傭人手裡接過蠟燭，走到了臥室裡，一進門便放聲大哭，過不多會兒又激動地自言自語，繞室狂奔，臨了和衣倒在床上，直到深夜十一點，傭人躡手躡腳地摸進來問少爺要不要脫靴子，才驚動了他。他讓傭人替他把靴子脫了，告訴傭人明天早上不叫不要進房裡來。

禮拜一一大早，他給綠蒂寫了一封信。他死後，人們在他的書桌上發現了這封信，已經用火漆封好，便送給了綠蒂。從行文本身看出，信是斷斷續續寫成的，我也就依其本來面目，分段摘引於後。

已經決定了，綠蒂，我要去死，我在給你寫這句話時，並沒有懷著浪漫的激情，相反，倒是心平氣和，在將要最後一次見到你的今天的早上。當你捧讀此信的時候，親愛的，冰冷的黃土已經蓋住了我這個不安和不幸的人的僵硬的軀體。他在自己生命的最後一刻所感到的快慰，就是能和你再談一談心。我熬過了一個多可怕的夜晚啊；可是，唉，這也是一個仁慈的夜晚！是它堅定了我的決心，使我最後決定去死！昨天，我忍痛離開你時，真是五內俱焚；往事一湧上心頭，一個冷酷的事實猛地擺在我面前；我生活在你身邊是既無希望，也無歡樂啊……

我一回到自己房裡，就瘋了似地跪在地上！上帝呵，求你賜給我最後幾滴苦澀的淚水，讓我用它們來滋潤一下自己的心田吧！在我腦海中翻騰著千百種計畫，千百種前景，但最後剩下的只有一個念頭，一個十分堅決、十分肯定的念頭，這就是：我要去死！我躺下睡了，今兒一早醒來心情平靜，可它卻仍然在那裡，這個存在於我心中的十分強烈的念頭：我要去死！——這並非絕望；這是信念，我確信自己苦已受夠，是該為你而犧牲自己的時候了。是的，綠蒂，我為什麼應該保持緘默呢？我們三人中的確有一個必須離開，而我，就自願做這一個人！呵，親愛的，在我這破碎的心靈裡，確曾隱隱約約出現過一個狂暴的想法——殺死你的丈夫！——殺死你！——殺死我自己！

眼下的事就這麼定了！可是將來，當你在一個美麗夏日的黃昏登上山崗，你可別忘了我啊，別忘了我也常常喜歡上這兒來；然後，你要眺望那邊公墓裡的我的墳塋，看我墳頭的茂草如何在落日的餘暉中讓風吹得搖曳不定……

我開始寫此信時心情是平靜的，可眼下，眼下一切都生動實在地出現在我面前，我又忍不住哭了，像個孩子似的哭了。

將近十點鐘，維特叫來他的傭人，一邊穿外套一邊對他講，過幾天他要出門去，讓傭人把他的衣服洗乾淨，打點好全部行裝。此外，又命令傭人去各處結清帳目，收回幾冊借給人家的書，把他本來按月施給一些窮人的錢提前一次給兩個月。

他吩咐把早飯送到他房裡去。吃完飯，他騎著馬去總管家；總管不在，他便一邊沉思，一邊在花園中踱來踱去，像是在對以往的種種傷心事作最後一次總的重溫。

可是，小傢伙們卻不讓他長久地安靜，他們追蹤他，跳到他背上，告訴他：明天，明天的明天，喏，就是再過一天，他們就可以從綠蒂手裡領到聖誕禮物了！他們向他描述自己的小腦袋瓜所能想像出來的種種奇蹟。

「明天！」維特喊出來，「明天的明天！再過一天！」——隨後，他挨個兒吻了孩子們，打算要走。這當兒，最小的一個男孩卻要給他說悄悄話。他向維特透露，哥哥們都寫了許多張美麗的賀年片，挺大挺大的，一張給爸爸，一張給阿爾伯特和綠蒂，也有一張給維特先生，只不過要到新年早上才給他們。維特深為感動，給了每個孩子一點什麼，然後才上馬，讓孩子們代他問候他們的父親，說完便含著熱淚馳去。

將近五點，他回到住所，吩咐女僕去給臥室中的壁爐添足木柴，以便火能一直維持到深夜。他還讓傭人把書籍和內衣裝進箱子，把外衣縫進護套。做完這些，他顯然又寫了給綠蒂的最後一封信的下面這個片斷：

你想不到我會來吧！你以為我會聽你的話，直到耶誕節晚上才來看你，是不是！呵，綠蒂！今日不見就永遠不見了。到耶誕節晚上你手裡捧著封信，你的手將會顫抖，你瑩潔的淚水將把信紙打濕。我願意，我必須！我多快意呵，我決心已定！

綠蒂這段時間的心境也很特別，最後那次和維特談話以後她就感到，要她和他分手會多麼困難，而維特如果被迫離開了她，又會何等痛苦。

她像無意似地當著阿爾伯特講了一句：「維特聖誕夜之前不會來了。」阿爾伯特於是便騎馬去找住在鄰近的一位官員，和他了結一些公事，不得不就在他家中過夜。

綠蒂獨坐房中，身邊一個弟妹也沒有，便不禁集中心思考慮起自己眼前的處境來。

她看出自己已終身和丈夫結合在一起，丈夫對她的愛和忠誠她是瞭解的，因此也打心眼裡傾慕他，他的穩重可靠彷彿天生來作為一種基礎，好讓一位賢淑的女子在上面建立起幸福的生活似的，她感到，他對她和她的弟妹真是永遠不可缺少的靠山啊；可另一方面，維特之於她又如此可貴，從相識的第一瞬間起，他倆就意氣相投，後來，長時間的交往以及種種共同的經歷，都在她心中留下了不可磨滅的印象，她不管感到或想到什麼有趣的事，都已習慣於把自己的快樂和他一塊兒分享，他這一走，必然給她的整個一生造成永遠無法彌補的空虛。呵，要是她能馬上把他變成自己的哥哥就好了！這樣她會多麼幸福啊！——她真希望能把自己的一個女友許配給他，真希望能恢復他和阿爾伯特的友好關係！

她把自己的女友挨個兒想了一遍，發現她們身上都有這樣那樣的缺點，覺得沒有一個配得上維特的。

這麼考慮來考慮去，她才深深感覺到自己衷心地暗中希望著一件事，雖然她不肯向自己明白承認，這就是把維特留給她自己。與此同時，她又對自己講，這是不可能的，不允許的。此刻，她純潔、美麗、素來總是那麼輕鬆、那麼無憂無慮的心，也變得憂傷而沉重起來，失去了對於未來幸福的希望。她的胸部感到壓抑，眼睛也讓烏雲給蒙住了。

她這麼一直坐到六點半，突然，她聽見維特上樓來了。她一下子便聽出是他的腳步聲和他打聽她的聲音，她的心怦怦狂跳起來，可以說，她在他到來時像這個樣子還是第一次。

她很想讓人對他講自己不在，當他跨進房來時，她心慌意亂得衝他叫了一聲：

「你食言了！」

「我可沒許任何諾言。」維特回答。

「就算這樣，你也該滿足我的請求呀。」她反駁說：「我求過你讓我們兩人都安靜安靜。」

她不清楚自己說些什麼，也不清楚自己做些什麼，糊裡糊塗地就派人去請她的幾個女友來，以免自己單獨和維特待在一起。他呢，放下帶來的幾本書，又問起另外幾本書。這時，綠蒂心裡一會兒盼著她的女友快來，一會兒又希望她們可千萬別來。

使女進房回話，有兩位不能來，請她原諒。她想叫使女留在隔壁房裡做針線活；但一轉念又改變了主意。維特在房中踱著方步，她便坐到鋼琴前，彈奏法國舞曲，但怎麼也彈不流暢。維特已在他坐慣了的老式沙發上坐下，她定了定神，也不慌不忙地坐在他對面。

「你沒有什麼書好念念嗎？」她問。

他沒有。

「那邊，在我的抽屜裡，放著你譯的幾首莪相的詩，」她又說：「我還沒有念它們，一直希望聽你自己來念，誰知又老找不到機會。」

維特微微一笑，走過去取那幾首詩；可一當把它們拿在手中，身上便不覺打了個寒顫，低頭看著稿紙，眼裡已噙滿淚花。他坐下，念道：

朦朧夜空中的孤星呵，你在西天發出美麗的閃光，從雲朵深處昂起你明亮的頭，莊嚴地步向你的丘崗。你在這荒原上尋覓什麼呢？那狂暴的風已經安靜，從遠方傳來了溪流的絮語，喧鬧的驚濤拍擊岩岸，夜蛾兒成群飛過曠野，嗡嗡嚶嚶。你在這荒原上尋覓什麼喲，美麗的星？瞧你微笑著冉冉行進，歡樂的浪濤簇擁著你，洗濯著你的秀髮。別了，安靜的星。望你永照人間，你這莪相心靈中的光華！

在它的照耀下，我看見了逝去的友人，他們在羅拉平原聚會，像在過去的日子裡一樣。——芬戈來了，像一根潮濕的霧柱；瞧啊，在他周圍是他的勇士，那些古代的歌人：白髮蒼蒼的烏林！身軀偉岸的利諾！歌喉迷人的阿爾品！還有你，自怨自艾的彌諾娜！——我的朋友們呵，想當年，在塞爾瑪山上，我們競相歌唱，歌聲如春風陣陣飄過山丘，竊竊私語的小草久久把頭兒低昂；自那時以來，你們可真變了樣！

這當兒，嬌豔的彌諾娜低著頭走出來，淚眼汪汪；從山崗那邊不斷刮來的風，吹得她濃密的頭髮輕揚。她放開了甜美的歌喉，勇士們的心裡更加憂傷；要知道他們已一次次張望過薩格爾的墳頭，一次次張望過白衣女可爾瑪幽暗的住房。可爾瑪形影孤單，柔聲兒在山崗上唱著歌；薩格爾答應來卻沒來，四周已是夜色迷茫。

聽啊，這就是可爾瑪獨坐在山崗上唱的歌：

可爾瑪

夜已來臨！——我坐在狂風呼嘯的崗頭，獨自一人。山中風聲淒厲。山洪咆哮著躍下岩頂。可憐我這被遺棄在風雨中的女子，沒有茅舍供我避雨棲身。

月兒呵，從雲端裡走出來吧！星星呵，在夜空中閃耀吧！請照亮我的道路，領我去我的愛人打獵後休息的地方，他身旁擺著松子弦的弓弩，他周圍躺著喘吁吁的狗群。可我只得獨坐雜樹叢生的河畔，激流和風暴喧嘯不已，我卻聽不見愛人一絲兒聲音。

我的薩格爾為何遲疑不歸？莫非他已把自己的諾言忘記？這兒就是那岩石，那樹，那湍急的河流！唉，你答應天一黑就來到這裡！我的薩格爾呵，你可是迷失了歸途？我願隨你一起逃走，離開高傲的父親和兄弟！我們兩個家族世代為仇，薩格爾呵，我倆卻不是仇敵！

風啊，你靜一靜吧！激流啊，你也請別出聲息！讓我的聲音越過山谷，傳到我那漂泊者的耳際。薩格爾！是我在喚你喲，薩格爾！這兒是那樹，這兒是那岩石，薩格爾，我的親愛的！我在這兒等了又等，你為何遲遲不來？

瞧，月亮發出銀輝，溪流在峽谷中閃亮，丘崗上灰色的岩石突兀立起；可丘頂卻不見他的身影，也沒有狗群報告他的來歸。我只得孤零零坐在此地。

可躺在那下邊荒野上的是誰啊，是我的愛人？是我的兄弟？——你們說話呀，我的朋友！呵，他們不回答，徒令我心增憂戚！——啊，他們死了！他們的劍上猶有斑斑血跡！

我的兄弟呵，我的兄弟，你為何殺死了我的薩格爾？我的薩格爾呵，你為何殺死了我的兄弟？你們兩個都是我的親人喲！在丘崗旁安息著的萬千戰死者中，數你最最英俊！可是他在戰鬥裡卻可怕無敵。回答我，親愛的人，你們可已聽見我的呼喚！唉，他們永遠沉默無言，胸膛已冰涼如泥！

亡靈們呵，你們從丘頂的巨岩上講話吧！從暴風雨中的山巔講話吧！我絕不會毛骨悚然！告訴我，你們將去哪兒安息？我要到群山中的哪道岩穴裡才能找到你們啊！——狂風中，我聽不見一絲兒回音；暴雨裡，我聽不見微弱的嘆息。

我坐在崗頭大放悲聲，我等待著黎明，淚雨淅瀝。死去的友人們呵，你們掘好了墳墓，但在我到來之前，千萬別把墓室關閉。我怎能留下呢，我的生命已消逝如夢？我願和我的親人同住這岩石鳴響的溪畔；每當夜色爬上山崗，狂飆掠過曠野，我的靈魂都要立在風中，為我親人的死哀泣。獵人在他的小屋中聽見我的泣訴，既恐懼又欣喜；要知道我是在悼念自己親愛的人，聲音又怎能不甜蜜！

這就是你的歌呵，彌諾娜，托爾曼的紅顏的閨女。我們的淚為可爾瑪而流，我們的心為她憂戚。

烏林懷抱豎琴登場，為我們伴奏阿爾品的歌唱。——阿爾品嗓音悅耳，利諾有火一般的心腸。可眼下他們都已安息在陋室中，他們的歌聲已在塞爾瑪絕響。

有一次烏林獵罷歸來，還在英雄們未曾戰死的時光。他聽見他們在山上比賽唱歌，歌聲悠揚，但卻憂傷。他們悲嘆領袖群倫的英雄穆拉爾的隕滅，說他的寶劍厲害得如奧斯卡，他的靈魂高尚如芬戈。——但他仍然倒下了，他的父親悲痛失聲，他的姐姐淚流成河，英俊的穆拉爾的姐姐彌諾娜淚流成河。她在烏林唱歌以前便下去了，恰似西天的月亮預見到暴風雨來臨，將美麗的臉兒向雲裡躲藏。我和烏林一同撥響琴弦，伴著利諾悲哀地歌唱。

利諾

風雨已過，霧散雲開，天氣晴朗，匆匆去來的太陽又映照著山崗。溪流紅光閃閃，穿過峽谷，淙淙潺潺，笑語歡暢。可我聆聽著一個更動人的聲音，那是阿爾品的聲音，他在痛苦地把死者歌唱。他衰老的頭顱低垂，他帶淚的眼睛紅腫。阿爾品，傑出的歌手，你為何獨自來到這無聲的山上？你為何悲聲不斷，像穿越山林的風，像拍擊洋岸的浪？

阿爾品

利諾呵，我的淚為死者而流，我的歌為墓中人而唱。在荒野的兒子們中間，在崗頭，你是何等英俊魁梧。但你也將像穆拉爾一樣戰死，你的墳上也會有人痛哭悲傷。這些山崗將把你忘記，你的弓弩將存在大廳，從此不把弦張。

穆拉爾呵，在這山崗上你曾飛奔如快鹿，狂暴如野火。你的憤怒如可怕的颶風，你的寶劍如荒野的閃電，你的聲音和雨後的山洪，如遠方山崗上的雷動！多少人曾被你憤怒的烈火吞噬，多少人曾死在你手中。可當你從戰鬥中歸來，額頭上又洋溢著寧靜！你的容顏如雨後的麗日，如靜夜的月亮；你的胸膛呼吸輕勻，如封住浪息的海洋！

如今，你的居室湫隘、黑暗，你的墓穴長不過三步；而你當初卻是多麼偉大呵！四塊頂上長滿青苔的石板砌成你惟一的紀念碑，還有無葉的樹一株。一莖長草在風中低語，告訴獵人，這兒就是偉大的穆拉爾的歸宿！沒有母親來為你哭泣，沒有情人來為你一灑清淚。生育你的莫格蘭的女兒，她已經先你亡故。

那扶杖走來的是誰呢，他的頭髮已經老得雪白，他的雙眼已經哭得紅腫？呵，那是你的父親，穆拉爾，你是他惟一的兒子！他曾聽見你在戰鬥中高聲？喊，他曾聽見你打得敵人四處逃竄；他只聽見你如雷的聲名，唉，全不知你身負重傷！

痛哭吧，穆拉爾的父親！痛哭吧，儘管你兒子已聽不見你的聲音！死者酣睡沉沉！頭枕塵埃，充耳不聞你的呼喚，永遠不會復生。呵，墓穴中何時才會有黎明，才會召喚酣睡者：醒一醒！

別了，人中的最高貴者，沙場上無敵的勇士！從此戰鬥中再見不到你的英姿，幽林間再不會閃過你雪亮的兵刃！你沒有子嗣繼承偉業，但歌聲將使你不朽，後世將聽到你，聽到戰死沙場的穆拉爾的英名。

英雄們個個放聲啼哭，阿明更是撕心裂肺地號啕。他悼念他的亡兒，痛惜他青春年華即已早夭。遼闊的格馬爾的君王卡莫爾坐在老英雄身邊，問：「阿明呵，你為何在痛哭流涕？是什麼叫你大放悲聲？且聽這聲聲弦歌，真個叫悅耳迷人！它好似湖上升起的薄霧，輕輕兒飄進幽谷，把盛開的花朵滋潤；可一當烈日重新照臨，這霧啊也就散盡。你為何悲慟傷心啊，阿明，你這島國哥爾馬的至尊？」

「悲慟傷心！可不是嘛，我的悲痛真訴說不盡。卡莫爾呵，你沒有失去兒子，沒有失去如花的女兒；勇敢的哥爾格還健在，天下最美的姑娘安妮拉還侍奉著你。你的家族枝繁葉茂，卡莫爾；可我阿明家卻斷了後嗣。島拉呵，你的床頭如此昏暗，你已在發霉的墓穴中長眠。什麼時候你才會唱著歌醒來呢，你的歌喉可還是那樣美，那樣甜？刮起來吧，秋風，刮過這黑暗的原野！怒吼吧，狂飆，在山頂的橡樹林中掀起巨瀾！明月呵，請你從破碎的雲絮後走出來，讓我看一看你蒼白的臉！你們都來幫我回憶吧，回憶我失去兒女的恐怖的夜晚；那一夜，強壯的阿林達爾死了，島拉，我親愛的女兒，她也未得生還。

島拉，我的女兒，你曾多麼美麗！你美麗如懸掛在弗拉山崗上的皓月，潔白如天空飄下來的雪花，甜蜜如芳馨的空氣！阿林達爾，你的弓弩強勁，你的標槍快捷，你的眼光如浪尖上的迷霧，你的盾牌如暴雨裡的彤雲！

戰爭中遐邇聞名的阿瑪爾來向島拉求親，島拉沒有能長久拒絕。朋友們已期待著那美好的時辰。

奧德戈的兒子艾拉德怒不可遏，他的弟弟曾死在阿瑪爾劍下。他喬裝成一名船夫，駕來一葉輕舟，他的鬈髮已老得雪白，臉色也和悅敦厚。

「最最美麗的姑娘啊，」他說：「阿明可愛的女兒！在離岸不遠的海裡，在鮮紅的水果從樹上向這兒窺視的山崖旁，阿瑪爾在那裡等待他的島拉，我奉命來接他的愛人，帶她越過波濤翻滾的海洋。」

島拉跟著艾拉德上了船，口裡不斷呼喚阿瑪爾，可她除去山崖的鳴響，就再聽不見任何回答。「阿瑪爾！我的愛人，我親愛的！你幹嘛要這樣把我恐嚇？聽一聽呵，阿納茲的兒子！聽一聽呵，是我在喚你，我是你的島拉！」

艾拉德這個騙子，他狂笑著逃上陸地。島拉拼命地喊啊，喊她的父親，喊她的兄長的名字：「阿林達爾！阿明！難道你們誰也不來救救他的島拉？」

她的喊聲從海上傳來，阿林達爾，我的兒子立刻從山崗躍下。終日行獵使他性格剽悍，他身挎箭矢，手執強弓，五條黑灰色獵犬緊緊跟隨身後，他在海岸上瞧見勇敢的艾拉德，一把捉住他，把他縛在橡樹上，用繩子將他的腰身纏了又纏，縛得艾拉德在海風中叫苦連天。

阿林達爾駕著自己的船破浪前進，一心要救島拉生還。阿瑪爾氣急敗壞趕來，射出了他的灰翎利箭，只聽嗖地一聲響，阿林達爾呵，我的兒，射進了你的心田！你代替艾拉德喪了命。船一到岸邊，他就倒下了。島拉呵，你腳邊淌著你兄長的鮮血，你真是悲痛難言！

這當兒巨浪擊破了小船阿瑪爾奮身縱入大海，不知是為救他的島拉，還是自尋短見。一霎時狂風大作，白浪滔天，阿瑪爾沉入海底，一去不返。

只剩我一人在海浪沖擊的懸崖上，聽著女兒的哭訴。她呼天搶地，我身為她的父親，卻無法救她脫險。我徹夜佇立在岸邊，在淡淡的月光裡看見她，聽著她的呼喊。風呼呼地吼，雨唰唰抽打山岩。不等黎明到來，她的喊聲已經微弱；當夜色在草叢中消散，她已經氣息奄奄。她在悲痛的重壓下死去了，留下了我阿明孤苦一人！我的勇氣已在戰爭裡用光，我的驕傲已被姑娘們耗盡。

每當山頭雷雨交加，北風掀起狂瀾，我就坐在發出轟響的岸旁，遙望那可怕的巨岩。在西沉的月影裡，我常常看見我孩子們的幽魂，時隱時現，飄飄渺渺，哀傷而和睦地攜手同行……

兩股熱淚從綠蒂的眼中迸流出來，她心裡感覺輕鬆了一些，維特卻再也念不下去。他丟下詩稿，抓住綠蒂的一隻手，失聲痛哭，綠蒂的頭俯在另一隻手上，用手絹捂住了眼睛。他倆的情緒激動得真叫可怕。從那些高貴的人的遭遇中，他們都體會出了自身的不幸。這相同的感情和流在一處的淚水，使他倆靠得更緊了。維特灼熱的嘴唇和眼睛，全靠在了綠蒂的手臂上。她猛然驚醒，心裡想要站起來離開；可是，悲痛和憐憫卻使她動彈不得，她的手跟腳如同鉛塊，她喘息著，哽咽著，請求他繼續念下去；她這時的聲音之動人，真只有天使可比！維特渾身哆嗦，心都要碎了。他拾起詩稿，斷斷續續地念道：

春風呵，你為何將我喚醒？你輕輕撫摩著我的身兒回答：「我要滋潤你以天上的甘霖！」可是啊，我的衰時近了，風暴即將襲來，吹打得我枝葉飄零！明天，有位旅人將要到來，他見過我的美好青春；他的眼兒將在曠野裡四處尋覓，卻不見我的蹤影……

這幾句詩的魔力，一下子攫住了不幸的青年。他完全絕望了，一頭撲在綠蒂腳下，抓住她的雙手，把它們先按在自己的眼睛上，再按在自己的額頭上。綠蒂呢，心裡也一下子閃過維特會做出什麼可怕的事情來的預感，神志頓時昏亂起來，抓住他的雙手，把它們捺在自己胸口上，激動而傷感地彎下身子，兩人灼熱的臉頰便偎在一起了。世界對於他們已不復存在，他用胳膊摟住她的身子，把她緊緊抱在懷中，同時狂吻起她顫抖的、囁嚅的嘴唇來。

「維特！」她聲音窒息地喊道，極力把頭扭開。「維特！」她用軟弱無力的手去推開他和她緊貼在一起的胸。

「維特！」她再喊，聲音克制而莊重。維特不再反抗，從懷裡放開她，瘋了似地跪倒在她腳下。

她站起來，對他既惱又愛，身子不住哆嗦，心裡更驚慌迷亂，只說：「這是最後一次，維特！你再別想見到我了！」說完，向這個可憐的人投了深情的一瞥，便逃進隔壁房中，把門鎖上了。

維特向她伸出手去。但卻沒敢抓她。隨後他仰臥地上，頭枕沙發，一動不動地待了半個多小時，直到一些響聲使他如夢初醒。是使女來擺晚飯了。他在房中來回踱著，等發現又只有他一個人，才走到通隔壁的房門前，輕聲喚道：

「綠蒂！綠蒂！只再說一句話！一句告別的話！」

綠蒂不作聲。

他等待著，請求著，再等待著；最後才扭轉身，同時喊出：

「別了，綠蒂！永別了！」

他來到城門口。守門人已經認熟了他，一句話沒問便放他出了城。野地裡雨雪交加；直到夜裡十一點，他才回家敲門。年輕的傭人發現，主人進屋時頭上的帽子不見了。他一聲沒敢吭，只侍候維特脫下已經濕透的衣服。

事後，在臨著深谷的懸崖上，人家撿到了他的帽子。叫人難以想像的是，他怎能在漆黑的雨夜登上高崖，竟沒有失足摔下去。

他上了床，睡了很久很久。翌日清晨，傭人聽他一喚便送咖啡進去，發現他正在寫信。他在致綠蒂的信上又添了下面一段。

最後一次了，最後一次我睜開這雙眼睛。唉，它們就要再也見不到太陽，永遠被一個暗淡無光，霧靄迷濛的長晝給遮擋住了！痛悼吧，自然！你的兒子，你的朋友，你的情人，他的生命就要結束了。

綠蒂呵，當一個人不得不對自己說「這是我的最後一個早晨！」時，他心中便會有一種無可比擬、然而卻最最接近於朦朧的夢的感覺。

最後一個！綠蒂呵，我真完全不理解這個什麼「最後一個」！難道此刻，我不是還身強力壯地站在這兒；可明天就要倒臥塵埃，了無生氣了啊。

死！死意味著什麼？你瞧，當我們談到死時，我們就像在做夢。我曾目睹一些人怎樣死；然而人類生來就有很大的局限，他們對自己生命的開始與結束，從來都是不能理解的。眼下還存在我的，你的！你的，呵，親愛的！可再過片刻……分開，離別……說不定就是永別了啊！……不，綠蒂，不……我怎麼能逝去呢？你怎麼能逝去呢？我們不是存在著嗎！……逝去……這又意味著什麼？還不只是一個詞兒！一個沒有意義的聲音！我才沒心思管它哩……

死，綠蒂，被埋在冰冷的黃土裡，那麼狹窄，那麼黑暗！……我曾有一個女友，在我無以自立的少年時代，她乃是我的一切。她後來死了，我跟隨她遺體去到她的墓旁，親眼看見人家把她的棺木放下坑去，抽出棺下的繩子並且扯下來，然後便開始填土。土塊落在那可怕的匣子上，咚咚直響；響聲越來越沉悶，到最後墓坑整個給填了起來！這當兒我忍不住一下子撲到墓前……心痛欲裂，號啕悲慟，震驚恐懼到了極點；儘管如此，卻不明白究竟出了什麼事，會出什麼事……死亡！墳墓！這些詞兒我真不理解啊！

呵，原諒我！原諒我！昨天的事！那會兒我真要死了才好哩。我的天使喲！第一次，破天荒第一次，在我內心深處確鑿無疑地湧現了這個令我熱血沸騰的幸福感覺；她愛我！她愛我！此刻，我的嘴唇上還燃燒著從你的嘴唇傳過來的聖潔的烈火，使我心中不斷生出新的溫暖和喜悅。原諒我吧！原諒我！

唉，我早知道你是愛我的，從一開始你對我的幾次熱情顧盼中，在我倆第一次握手中，我便知道你愛我；可後來，當我離開了你，當我在你身邊看見阿爾伯特，我又產生了懷疑，因而感到焦灼和痛苦。

你還記得你給我的那些花麼？在那次令人心煩的聚會中，你不能和我交談，不能和我握手，便送了這些花給我；我在它們面前跪了半夜，它們使我確信了你對我的愛啊。可是，唉，這些印象不久便淡漠了，正如一個在領了實實在在的聖體以後內心無比幸福的基督徒，他那蒙受上帝恩賜的幸福感也漸漸會從心中消失一般。

一切都須臾即逝啊，惟有昨天我從你嘴唇上啜飲的生命之火，眼下我感覺它們在我體內燃燒，而且時光儘管流逝，它卻永遠不會熄滅。她愛我！這條胳膊曾經摟抱過她，這嘴唇曾在她的嘴唇上顫抖過，這口曾在她的口邊低語過。她是我的！

——你是我的！對，綠蒂，你永遠永遠是我的！

阿爾伯特是你丈夫，這又怎麼樣呢？哼，丈夫！難道我愛你，想把你從他的懷抱中奪到我的懷抱中來，對於這個世界就是罪孽麼？罪孽！好，為此我情願受罰；但我已嘗到了這個罪孽的全部甘美滋味，已把生命的瓊漿和力量吸進了我心裡。從這一刻起，你便是我的了！我的了，呵，綠蒂！我要先去啦，去見我的天父，你的天父！我將向他訴說我的不幸，他定會安慰我，直到你到來；那時，我將奔向你，擁抱你，將當著無所不在的上帝的面，永遠永遠和你擁抱在一起。

我不是在做夢，不是在說胡話！在即將進入墳墓之時，我心中更豁亮了。我們會，我們會再見的！我們將見到你的母親！我們會見著她，找到她，呵，在她面前傾吐我的哀誠！因為你的母親，她和你本是一個人呀！

將近十一時，維特問他的傭人，阿爾伯特是否已回來了。傭人回答是的，他已看見阿爾伯特騎著馬跑過去。隨後，維特便遞給他一張沒有用信封裝的便條，內容是：

「我擬外出旅行，把你的手槍借我一用好嗎？謹祝萬事如意！」

可愛的綠蒂昨晚上遲遲未能入眠，她所害怕的事情終於證實了，以她不曾預料、不曾擔心過的方式證實了。她那一向流得平穩輕快的血液，這時激盪沸騰開來，千百種情感交集著，把她的芳心給攪得亂糟糟的。

這是維特在擁抱她時傳到她胸中的情火的餘焰呢，還是她為維特的放肆失禮而生氣的怒火呢？還是她把自己眼前的處境，和過去無憂無慮、天真無邪、充滿自信的日子相比較，因此心中深感不快呢？叫她怎麼去見自己丈夫？叫她怎樣向她說清楚那一幕啊？——她本來完全可以直言不諱地告訴他，可是到底沒有勇氣。

他倆久久地相對無言，難道她應該首先打破沉默，向自己丈夫交代那一意外的事件，在這不是時候的時候？她擔心，僅僅一提起維特來，就會給丈夫造成不快，更何況那意想不到的災難！

她未必能指望她丈夫會完全明智地看待這件事，在態度中一點不帶成見吧？她能希望，丈夫願意明辨她的心跡嗎？然而，另一方面，她又怎麼可以對自己丈夫裝模作樣呢？要知道，在他面前，她從來都像水晶般純潔透明，從來未曾隱諱——也不可能隱諱自己的任何感情。這樣做，她有顧慮；那樣做，也有顧慮，處境十分尷尬。

與此同時，她的思想還一再回到對於她來說已經失去了的維特身上：她丟不開他，又不得不丟開他；而維特沒有了她，便沒有了一切。她當時還不完全清楚，那在她和阿爾伯特之間出現的隔膜，對她是個多麼沉重的負擔。

兩個本來都如此理智、如此善良的人，開始由於某些暗中存在的分歧而相對無言了，各人都在心頭想著自己的是和對方的非，情況便會越弄越複雜，越弄越糟糕，以致到頭來變成了一個壓根兒再也解不開的死結。設若他倆能早一些講清楚，設若他倆之間互愛互諒的關係能早一些恢復，心胸得以開闊起來，那麼，在此千鈞一髮關頭，我們的朋友也許還有救。

此外，還有一點特別值得提提。如我們從他的信中知道，維特是從來也不諱言自己渴望離開這個世界的。對這個問題，阿爾伯特常常和他爭論，並與綠蒂夫婦之間也不時談起。阿爾伯特對自殺行為一貫深惡痛絕，不止一次甚至一反常態地激烈表示，他很有理由懷疑維特的這個打算是當真的，並且因此取笑過他幾次，也把自己的懷疑告訴過綠蒂。這一方面固然使綠蒂在想到那可能出現的悲劇時寬心了一點，另一方面卻又叫她難於啟齒，向丈夫訴說眼下苦惱著她的憂慮。

阿爾伯特回到家，綠蒂急忙迎著，神色頗有些窘；他呢，事情沒有辦好，碰上鄰近的那官員是個不通情理的小氣鬼，心頭也不痛快，加之道路很難走，更使他沒有好氣兒。

他問家中有沒有什麼事情，綠蒂慌慌張張地回答：「維特昨晚上來啦！」他問有無信件，綠蒂說一封信和一個包裹已放在他房中。他回自己房間去了，又剩下綠蒂一個人。她所愛的和尊敬的丈夫的歸來，在她心中喚起一種新的情緒。回想到他的高尚、他的溫柔和他的善良，綠蒂的心便平靜多了。她感到有一股神秘的吸引力，使她身不由己地要跟著他走去，於是便拿起針線，像往常一樣跨進了他的房間。她發現阿爾伯特正忙著開包裹和讀信，信的內容看來頗不令人愉快。她問了丈夫幾句話，他回答卻很簡單，隨即就坐在書桌前寫起信來。

夫婦倆這麼在一起待了一個鐘頭，綠蒂的心中越來越陰鬱。她這會兒才感到，她丈夫的情緒就算好極了，自己也很難把壓在心上的事向他剖白。綠蒂墮入了深沉的悲哀之中。與此同時，她卻力圖將自己的悲哀隱藏起來，把眼淚吞回肚子裡去，這更令她加倍難受。

維特的傭人一來，她簡直狼狽到了極點。傭人把維特的便條交給阿爾伯特，他讀了便漫不經心地轉過頭來對綠蒂道：「把手槍給他。」隨即對維特的僕人說：「我祝他旅途愉快。」

這話在綠蒂耳裡猶如一聲響雷。她搖搖晃晃站起來，不知自己在幹什麼。她一步一步挨到牆邊，哆哆嗦嗦地取下槍，擦去槍上的灰塵，遲疑了半晌沒有交出去；要不是阿爾伯特的詢問的目光逼著她，她必定還會拖很久很久。

她把那不祥之物遞給僕人，一句話也講不出來。傭人出門去了，她便收拾起自己的活計，返回自己房中，心裡卻七上八下，說不出有多麼憂慮。她預感到種種可怕的事情。因此，一會兒，她決心去跪在丈夫腳下，向他承認一切，承認昨天晚上發生的事，承認她的過錯以及她的預感，一會兒，她又覺得這樣做不會有好結果，她能說服丈夫去維特那兒的希望微乎其微。

這時，晚飯已經擺好，她的一個好朋友來問點什麼事情，原打算馬上走的，結果卻留了下來，使席間的氣氛變得輕鬆了一些。綠蒂控制住自己，大夥兒談談講講，不知不覺時間就過去了。

傭人拿著槍走進維特的房間，一聽說槍是綠蒂親手交給他的，維特便懷著狂喜一把奪了過去。他吩咐給他送來了麵包和酒，讓他的傭人去吃飯，自己卻坐下寫起信來：

它們經過了你的手，你還擦去了上面的灰塵；我把它們吻了一遍又一遍，因為你曾接觸過它們。

綠蒂呵，我的天使，是你成全我實現自己的決心！是你，綠蒂，是你把槍交給了我，我曾經渴望從你手中接受死亡，如今我的心願得以滿足了！唔，我盤問過我那小夥子，當你遞槍給他時，你的手在顫抖，你連一句「再見」也沒有講！——可悲，可悲！連一句「再見」也沒有！難道為了那把我和你永遠聯結起來的一瞬，你就把我從心中放逐出去了麼？綠蒂啊，哪怕再過一千年，也不會把我對那一瞬的印象磨滅！我感覺到，你是不可能恨一個如此熱戀你的人的。

飯後，維特叫傭人把行李全部捆好，自己撕毀了許多信函，隨後再出去清理了幾樁債務。事畢回到家裡，可過不多會兒又冒雨跑出門去，走進已故的伯爵的花園裡，在這廢園中轉來轉去，一直流連到了夜幕降臨，才回家來寫信：

威廉，我已最後一次去看了田野，看了森林，還有天空。你也多珍重吧！親愛的母親，請原諒我！威廉，為我安慰安慰她啊！願上帝保佑你們！我的事情全都已料理好。別了！我們會再見的，到那時將比現在歡樂。

我對不起你，阿爾伯特，請原諒我吧。我破壞了你家庭的和睦，造成了你倆間的猜忌。別了！我自願結束這一切。呵，但願我的死能帶給你們幸福！阿爾伯特，阿爾伯特，使我們的天使幸福吧！你要是做到了，上帝就會保佑你啊！

晚上，他又在自己的文書中翻了很久，撕碎和燒毀了其中的許多。然後，他在幾個寫著威廉的地址的包裹上打好漆封。包內是些記載著他的零星雜感的短文，我過去也曾見過幾篇。十點鐘，他叫傭人給壁爐添了柴，送來一瓶酒，隨即便打發小夥子去睡覺。傭人和房東的臥室都在離得很遠的後院，小夥子一回去便和衣倒上床睡了，以便第二天一大早就去伺候主人；他的主人講過，明天六點以前郵車就要到門口來。

夜裡十一點過

周圍萬籟無聲，我心裡也同樣寧靜。我感謝你，上帝，感謝你賜給我最後的時候以如此多的溫暖和力量。

我走到窗前，仰望夜空。我親愛的人呵，透過洶湧的、急飛過我頭頂的烏雲，我仍看見在茫茫的空際有一顆顆明星！不，你們不會隕落！永恆的主宰在他的心中托負著你們，托負著我。我看見了群星中最美麗的北斗星。每當我晚上離開了你，每當我跨出你家大門，它就總掛在我的頭上。望著它，我真是如醉如癡啊！我常常向它舉起雙手，把它看成是我眼前幸福的神聖象徵和吉兆！還有那……

呵，綠蒂，什麼東西不會叫我想起你呢？在我周圍無處沒有你！不是麼，我不是像個小孩子似的，把你神聖的手指碰過的一切小玩意兒，都貪得無厭地強佔為己有麼？

這張可愛的剪影畫，我把它遺贈給你，綠蒂！請你珍惜它吧，我在它上面何止吻過千次。每逢出門或回家來，我都要向它揮手告別或者致意。

我給你父親留了一張字條，請他保護我的遺體。在公墓後面朝向田野的一角，長著兩株菩提樹，我希望安息在那裡。你父親能夠，也必定會為他的朋友幫這個忙的。希望你也替我求他一下。我不想勉強虔誠的基督徒把自己的軀體安放在一個可憐的不幸者旁邊[38]。唉，我希望你們把我葬在路旁，或者幽寂的山谷中，好讓過往的祭師和輔祭能在我的墓碑前祝福，撒馬利亞人[39]能灑下淚水幾滴。

時候到了，綠蒂！我捏住這冰冷的、可怕的槍柄，心中毫無畏懼，恰似端起一個酒杯，從這杯中，我將把死亡的香醪痛飲！是你把它遞給了我，我還有什麼可猶豫。一切一切，我生活中的一切希望和夢想。都由此得到了滿足！此刻，我就可以冷靜地，無動於衷地，去敲死亡的鐵門了。

38 按基督教教規，自殺乃是叛教行為，自殺者不能葬入公墓。
39 撒馬利亞人指救死扶傷者，典出《新約・路加福音》第十章。

綠蒂啊，只要能為你死，為你獻身，我就是幸福的！我願勇敢地死，高高興興地死，只要我的死能給你的生活重新帶來寧靜，帶來快樂。可是，唉，人世間只有很少高尚的人肯為自己的親眷拋灑熱血，以自己的死在他們友朋中鼓動起新的、百倍的生之勇氣。

我希望就穿著身上這些衣服下葬，因為綠蒂你曾經接觸過它們，使它們變得神聖了。就這一點，我也在信上請求了你父親。我的靈魂將飄浮在靈柩上。別讓人翻我的衣袋。這個淡紅色的蝴蝶結兒，是我第一次在你弟妹中間見到你時，你戴在胸前的……呵，為我多多地吻孩子們，給他們講講他們不幸的朋友的故事。

可愛的孩子們啊！他們眼下好像還圍在我身邊哩！唉，我是多麼地依戀你呀！自從與你一見，我就再離不開你！……這個蝴蝶結兒，我希望把它和我葬在一起。還是在我過生日那天，你把它送給了我的喲！我真是如饑似渴地接受了你的一切！沒想到，唉，我的結局竟是這樣！……鎮靜一點！我求你，鎮靜點吧！……

子彈已經裝好……鐘正敲十二點！就這樣吧！……綠蒂，綠蒂！別了啊，別了！

有位鄰居看見火光閃了一下，接著聽見一聲槍響，但是隨後一切復歸於寂靜，便沒有再留意。

第二天早上六點，傭人端著燈走進房來，發現維特躺在地上，身旁是手槍和血。他喚他，扶他坐起來；維特一聲不答，只是還在喘氣。僕人跑去請大夫，通知阿爾伯特。綠蒂聽見門鈴響，渾身頓時戰慄開了。她叫醒丈夫，兩人一同起來，維特的年輕僕人哭喊著，結巴著，報告了凶信。

綠蒂一聽便昏倒在阿爾伯特跟前。

等大夫趕到出事地點，發現躺在地上的維特已經沒救，脈搏倒還在跳，可四肢已經僵硬。維特對準右眼上方的額頭開了一槍，腦漿都迸出來了。大夫不必要地割開他胳膊上的一條動脈，血流出來，可他仍在喘息。

從靠椅扶手上的血跡斷定，他是坐在書桌前完成此舉的，隨後卻摔到地上，痛得圍著椅子打滾。最後，他仰臥著，面對窗戶，再也沒有動彈的力氣。此刻，他仍穿的是那套他心愛的服裝：長統皮靴，青色燕尾服，再配上黃色的背心。

房東一家、左鄰右舍以及全城居民都驚動了。阿爾伯特走進房來，維特已被眾人放到床上，額頭紮著繃帶，臉色已成死灰，四肢一動不動。只有肺部還在可怕地喘哮著，一會兒輕，一會兒重，大夥兒都盼著他快點斷氣。

昨夜要的酒他只喝了一杯，書桌上攤開著一本《艾米莉亞・迦洛蒂》[40]。

關於阿爾伯特的震驚和綠蒂的悲慟，我就不用講了。老總管聞訊匆匆趕來，淚流滿面地親吻垂死的維特。他的幾個大一點的兒子也接踵而至，一齊跪倒床前，放聲大哭，吻了他的手，吻了他的嘴。尤其是平日最得維特喜歡的老大，更是一直吻著他，直至他斷氣，人家才把這孩子給強行拖開。

維特斷氣的時間是正午十二點。由於總管親臨現場並作過佈置，才防止了市民蜂擁而至。當晚十一點不到，他便吩咐大夥兒把維特葬在他自行選定的墓地裡。老人領著兒子們走在維特的遺體後面，阿爾伯特沒能來，綠蒂的生命叫他擔憂。幾名手工匠人抬著維特，沒有任何教士來給他送葬。

40《艾米莉亞・迦洛蒂》（一七七二）是德國偉大作家萊辛（Gotthold Ephraim Lessing，一七二九—一八三一）的著名抗暴悲劇。女主人公的父親是一個軍官，他為了不讓女兒被暴君玷污，親手殺死了女兒。

修訂後記

楊武能

自一九八一年初版以來，《少年維特的煩惱》這個譯本差不多每年重印一次，到今天總印數早已逾百萬冊。在此期間，讀者和翻譯界的師友給了它熱情的關注，給了譯者殷切的鼓勵，不知不覺地，「《維特》的譯者」似乎成了我的別名，雖然我本人很不情願，自以為還做過比譯《維特》更有意義的事。這就跟歌德生前儘管很惱火，卻一直被人稱作「《維特》的作者」一樣，都顯示了這部「小書」的巨大威力。

誠如它的第一位中譯者郭沫若所說，《維特》是一部「永遠年輕的書」，是一部「青春頌」。今天，愛好《維特》、與《維特》發生共鳴的多數仍是青年。在這裡，我將歌德為它的第二版寫的兩節詩譯出來，希望也能得到青年朋友們的理解——

年輕男子誰都渴望這麼愛，
年輕姑娘誰都渴望這麼被愛。
這是我們最神聖的情感啊，
為什麼竟有慘痛飛迸出來？

親愛的讀者，你哭他，你愛他，
你要從恥辱中救出他的聲名；
看，他的靈魂正從泉下向你示意：
做個堂堂男子吧，請別步我後塵。

經典新版世界名著：33

少年維特的煩惱【全新譯校】

作者：〔德〕歌德
譯者：楊武能
發行人：陳曉林
出版所：風雲時代出版股份有限公司
地址：10576台北市民生東路五段178號7樓之3
電話：(02) 2756-0949
傳真：(02) 2765-3799
執行主編：朱墨菲
美術設計：吳宗潔
業務總監：張瑋鳳

初版日期：2024年9月
版權授權：何美華
ISBN：978-626-7464-99-1

風雲書網：http://www.eastbooks.com.tw
官方部落格：http://eastbooks.pixnet.net/blog
Facebook：http://www.facebook.com/h7560949
E-mail：h7560949@ms15.hinet.net
劃撥帳號：12043291
戶名：風雲時代出版股份有限公司

風雲發行所：33373桃園市龜山區公西村2鄰復興街304巷96號
電話：(03) 318-1378
傳真：(03) 318-1378
法律顧問：永然法律事務所 李永然律師
北辰著作權事務所 蕭雄淋律師

行政院新聞局局版台業字第3595號 營利事業統一編號22759935

定價：280元

國家圖書館出版品預行編目資料

少年維特的煩惱 / 歌德著. -- 初版. -- 臺北市：風雲時代出版股份有限公司, 2024.08 面； 公分

譯自：Die Leiden des jungen Werthers.
ISBN 978-626-7464-99-1 (平裝)

875.57 113008857